漢詩韻捷考

漢詩韻捷考

常山 申載錫 編著

書藝文人畫

서 문

마침내 신이 분노하였다.

북극의 얼음이 녹아 섬나라가 묻혀가고 비를 끊어 사막으로 만들어 온갖 생물을 죽이고 있다. 쓰나미와 같은 큰 해일과 초대형 지진으로 수십만의 생명을 앗아가고, 위도 30도 아래에 눈과 한파가, 그리고 대홍수 등등 참사와 기상이변은 날이 갈수록 극심해지고 바다고기와 새들은 놀던 자리를 헷갈려 방황하고 있다.

그럼에도 인간은 과학을 앞세워 신의 영역을 파헤치고 신의 창조물을 주저 없이 파괴하고 우주를 날아다니는 등 신에게 정면으로 도전하고 있다.

이와 같이 첨단과학만이 살 길이라 여기고 하루가 다르게 발달하는 그런 속에서 살 수바께 없는 것이 우리들의 삶이요 현실이다.

드라마 사극에는 으레 한글자막을 넣어야 알아듣는 이 시대에 이미 전 시대의 것으로 여기는 한시를 왜 하고자하는가.

좋은 음악이나 좋은 그림에 감흥 하듯이 한시의 글자 한자 한자에 담긴 자의(字意)에 배어나는 감칠맛에 매료되기 때문이다. 그 예를 하나만 들어보자. 천련거사 이백(이태백)의 시 "심 옹존사 은거"에서 '화난청우와 송고백학면'(尋 雍尊師隱居 "花暖青牛臥 松高白鶴眠") 이라고 읊은 오언율시를 보면 그저 감탄할 따름이다. 시어와 평 측의 조화는 물론, 대우가 똑 떨어지고 한자 어의에서 우러나오는 맛은 마치 좋은 고기를 씹는 듯 단물이 쭉쭉 배어나온다. 한시를 지어보고자 하는 충동이 우러나지 않을 수가 없다.

한시는 시객들만의 것이 아니었다. 선비라면 시를 지어 말하고 시로서 화답하였다. 그것을 멋으로 알고 그것이 능하면 대접을 받았다. 이와 같은 것이 지난날 선비사회의 일상이었다.

그러나 오늘날 사회에서의 한시공부는 다르다. 모든 생활을 첨단과학속에 살면서 다만 취미생활의 한 분야로 공부할 따름이다. 그러다보니 우선 글이 짧을 수밖에 없고 글이 짧다보니 한문의 이해가 어렵고 더더욱 문제가 되는 것이 한시 작(漢詩作)에 임하면서 겪는 평성과 측성을 가리는 한자음의 높낮이다.

한시 작법을 비롯한 이론서가 많이 나와 있어서 그런대로 공부에 많은 도움을 주고 있음은 다행한 일이나 막상 작시에 임하면 어려움에 부딪치게 된다. 감칠맛 나는 수사와 미적 기교를 생각다 보면 대우(對偶)에 어려움을 겪게 되고, 대우를 살피다 보면 근체시에 있어서의 가장 요체인 평측보 즉 평성자와 측성자의 짜 맞춤에 걸리게 된다.

옛날 같이 한 평생을 한문 공부에만 치중하던 때라면 소리의 높낮이를 그런대로 쉽게 골라낼 수가 있었겠지만 요즘같이 다만 취미생활의 일환으로 공부하는 사람들에게는 결코 쉬운 일이 아니다.

옥편의 글자 한자 한자의 밑에 그려져 있는 작은 네모 칸을 살피고 그 네모 칸 모퉁이에 찍힌 보일락 말락 하는 아주 작은 동그라미에 일일이 눈을 고정시켜야 하는 어려움을 계속 겪게 된다. 이것이 한시 초심자들이 격어야 하는 가장 큰 어려움이다.

이러한 어려움을 다소나마 덜어보고자 시도한 것이 이 책을 만들게 된 동기였다.

옥편을 일일이 뒤져서 벽자는 빼고 상용한자 중 입성에 해당하는 ㄱ, ㄹ, ㅂ 받침의 한자는 으레 측성임으로 제쳐놓고 5,600여자를 평성과 측성으로 나누어 토를 달아 수록하였고, 106운목 중 자주 쓰는 평성 30운자는 자의를 달아 골라 쓰기 편하게 하였다.

또한 한시에 있어서 시격을 높이고 멋을 더해주는 첩자어(疊字語)를 쉽게 찾아 쓸 수 있도록 한자부수에 따라 약 1,300여의 첩자어를 골랐다.

이 모든 작업은 한시작에 있어서 아직 여러 모로 서투른 나 자신의 공부에 첩고(捷考)로서 이용하고자 함이었다. 동시에 한시를 공부하고자 하는 동호인들과도 함께하여 다소나마 도움이 되었으면 하는 마음도 없지 않다.

끝으로 나의 졸작 상산한시 1집 "山徑萬里"중에서 몇 수와 근작 시 몇 수를 책의 말미에 참고로 덧 부쳤다.

2010년 1월 20일

燕牛軒에서 申載錫

일러두기

常用平仄字選

1. 상용 평측자는 사용상의 편의를 위하여 매 운자마다 가나다순을 따랐다.

2. 平音과 仄音을 함께 쓸 수 있는 字에는 밑줄을 긋고 主로 쓰이는 語義에 平‾˙ 仄‾ˈ, 平仄으로 동시에 쓰이는 字에 ‾ˈ.으로 表하였다.

예 : 侄淡忘梧相盛共間那

3. 같은 뜻을 지닌 僞字나 俗字에는 = 표시를 하였다.

예 : 畺=疆 溪=谿

4. 使用에 편리하도록 平仄譜를 앞뒤에 넣었다.

疊字語小辭典

수록된 疊字語 (약 1,300語)는 玉篇의 部首 順序에 따랐다.

疊字의 平 仄 表示

1. 疊字의 끝 아래 점(.)은 平聲

2. 疊字의 끝 위엣 점(')은 仄聲

3. 疊字의 끝 두 개 점(.')은 平聲과 仄聲 共通으로 표시 하였다.

* 上聲' 去聲' 은 구분하지 않고 한데 묶었고 入聲은 따로 표시하였다.

※引用字典 –大字典(日本版, 大正 6年(1918年) 啓成社 刊)

大漢韓辭典(張三植, 省文社 刊, 1964年)

차 례

平仄譜

一三不論・二四不同 二六對

平起

平平仄仄仄平韻
仄仄平平仄仄韻
仄仄平平平仄仄
平平仄仄仄平韻

平平仄仄平平仄
仄仄平平仄仄韻
仄仄平平平仄仄
平平仄仄仄平韻

仄起

仄仄平平仄仄韻
平平仄仄仄平韻
平平仄仄平平仄
仄仄平平仄仄韻

仄仄平平平仄仄
平平仄仄仄平韻
平平仄仄平平仄
仄仄平平仄仄韻

常用平仄字選

平 聲 字

가 伽 佳 加 哥 嘉 家 柯 枷 歌 痂 砢 笳 苛 茄 街 袈 訶 跏 迦 간 乾 刊 奸 姦 干 癇=癎 看 竿 肝 艱 間· 감 坩 堪 嵁 嵌 憨 戡 柑 歛 甘 疳 監 酣 鑑 龕 강 僵 剛 姜 岡 崗 康 強 彊 慷 殭 江 疆=畺 矼 穅 糠 綱 羌 腔 薑 蜣 鋼! 韁

개 喈 揩 皆 蝔 開 갱 坑 粳 羹 阬 거 居 崌 懅 渠 祛 袪 裾 車 鐻 건 乾 巾 愆 腱 虔

견 堅 牽! 睊 肩 鵑 鵳 겸 兼 縑 謙 鎌 경 京 傾 卿 坰 庚 徑 扃 擎 更 檠 璚 瓊 經 耕 莖 輕 頃 驚 鯨 계 堦 溪=谿 烓 磎 稽 階 雞=鷄

고 刳 姑 嫴 孤 尻 敲 枯 槹 皐 沽 睾 糕 羔 胯 膏. 辜 誥 酤 餻 高! 곤 坤 崑 悃 昆 棍 裩=褌 공 供 公 共 功 工 恭 悾 攻 空. 筇 蚣 蛬 蛩 跫 龔 과 侉 夸 姱 戈 瓜 科 窠 胍 胯 誇 跨 過 관 冠. 官 寬 棺 觀 關 광 光 匡 洸 狂 眶 筐 괴 傀 乖 槐 魁 굉 宏 浤 耾 肱 轟 교 交 僑 喬 咬 嘺 嬌 憍 撟 教 橋 穚 膠 翹 蛟 蹻 轎 郊 驕 鮫

구 丘 仇 俱 區 句 嘔 嶇 拘 歐 毬 求 溝 球 癯
蚯 裘 軀 邱 鉤 駒 驅! 鳩 鷗 龜 군 君 群=羣
裙 軍 궁 宮 弓 穹 窮 芎 躬=躳 권 圈 卷 婘
惓 拳 捲 棬 權 귀 歸 규 圭 奎 巋 楑 窺 葵
虯 規 糾 赳 閨 闚 균 均 근 勤 慬 懃 斤 根
筋 跟 금 今 嶔 擒 檎 琴 禁 禽 衿 衾 襟 金
긍 兢 矜 기 伎 其 基 奇 岐 崎 幾 愭 旗 期 棋
榿 機 欺 琪 琦 畸 畿 碁 羇 祇 祗 肌 耆 萁 踦
飢 饑 騎 麒

나 拏 拿=拏 那! 난 難 남 南 喃 娚 楠 男
낭 囊 娘 孃 년 年 녕 寧 노 奴 농 濃 農
능 能 니 尼 泥

다 多 茶 단 丹 亶 單 團 壇 檀 湍 端 簞 禪 襢
담 嘾 壜 擔 曇 淡 潭 痰 聸 覃 談 譚 당 唐 堂
塘 撞 棠 當 瞠 糖 蟷 螳 餹 대 臺=抬 垈 儓 擡
檯 도 刀 圖 塗 屠 徒 挑 桃 檮 滔 濤 萄 跿 都

逃 途 酴 醄 酷 陶 韜 돈 墩 惇 敦 동 倲 冬
同=仝 峒 彤 憧 東 桐 涷 炵 犝 疼 瞳 童 膧 銅
두 兜 頭 둔 吨 坉 屯 窀 臀 迍 등 墱 滕 燈 登
籐 藤 騰 鐙

라 剌 喇 羅 蘿 螺 란 丹 欄 蘭 鑾 鸞 람 婪 嵐
籃 藍 襤 랑 廊 浪 狼 蜋=螂 踉 郎 래 來 萊
량 亮 凉 梁 涼 粮 糧 良 蜋 量 려 廬 慮 犁 藜
閭 驪 黎 련 憐 漣 聯 蓮 連 렴 廉 溓 濂 簾
령 伶 呤 囹 齡 岭 怜 泠 玲 瓴 羚 翎 聆 苓 鈴
零 靈 례 隷 로 勞 撈 爐 盧 牢 窂 蘆 蟧 론
論 롱 瓏 籠 聾 朧 뢰 雷 甀 儡 료 僚 嘹 嫽
繚 料 聊 蟟 遼 醪 飂 飉 髎 루 婁 樓 累 瘻 髏
慺 류 榴 流 琉 留 瘤 륜 侖 倫 崙 掄 淪 綸
輪 륭 癃 窿 隆 릉 倰 凌 崚 棱 淩 稜 綾 陵
리 梨 棃 摛 梨 樆 漓 狸 犂=犁 璃 离 籬 罹 羸
貍 醨 犛 離 麗 鸝 린 嶙 燐 鄰 隣 鱗 麟 림
林 淋 痳 臨 霖

마 痲 摩 蟆 磨 魔 麻 만 墁 巒 彎 曼 漫 灣 瞞
蠻 謾 饅 망 亡 忙 忘 望 芒 茫 邙 매 埋 媒
枚 梅 煤 莓 맹 氓 甍 甿 盟 盲 萌 虻 면 棉
眠 綿 명 冥 名 明 瞑 溟 眀 暝 螟 銘 鳴 모
侔 嫫 摸 摹 模 毛 牟 牦 眸 矛 茅 謀 謨 酕
몽 冡 夢 懜 懞 懵 曚 朦 濛 瞢 矇 蒙 묘 媌 描
猫=貓 苗 무 儛 巫 婺 武' 毋 無 蕪 鵡 문 們
捫 文. 紋 紊 聞 蚊 門 雯 미 彌 微 眉 薇 迷
靡 鶥 麋 민 怋 旼 旻 民 閔

반 扳 搬 攀 斑 班 瘢 盤 磐 礬 胖 般 頒 방 仿
傍. 坊 埅 妨 尨 幫 彷 徬 房 方 旁 滂 膀 芳 謗
邦 防 배 俳 培 徘 排 杯 盃 胚 裵 賠 醅 陪
번 幡 樊 煩 燔 番 繁 翻 蕃 藩 飜 범 凡 帆'
변 邊 병 兵 屛 幷 甁 蛢 보 譜 輔 봉 封 峯=
峰 縫 葑 蓬 蜂 逢 鋒 부 不 咐 夫 扶 敷 棓 桴
浮 符 芙 膚 艀 蜉 趺 跗 鳧 분 分. 吩 噴. 墳.
奔 扮 氛 濆 焚 盆 紛 芬 雰 붕 崩 朋 鵬

비 丕 卑 妃 婢 悲 扉 比 琵 碑 緋 肥 脾 菲. 誹 霏 非 飛 빈 嚬 嬪 彬 濱 瀕 貧 賓 頻 빙 冰=氷 娉 憑 馮

사 些 伺 司 唆 奢 娑 師 思 斜 斯 査 楂 槎 沙 渣 獅 砂 祠 私 紗 絲 莎 蓑 蛇 裟 詞 賒 辭 邪 산 刪 姍 山 珊 酸 삼 三 參 杉 森 滲 蔘 衫 상 傷 償 商 喪 嘗 孀 常 傷 桑! 爽 牀=床 狀 殤 相 祥 箱 翔 裳 觴 詳 霜 생 牲 生 甥 笙 서 捿 徐 書 棲 耡 舒 西 鉏 鋤 선 仙=僊 先 嬋 檀 瑄 宣 旋 煽 禪. 腺 船 蟬 襈 躚 鮮. 섬 憸 孅 攕 殲 纖 蟾 譫 성 城 惺 成 星 盛' 聲 腥 誠 醒! 소 宵 巢 捎 搔 昭 梢 梳 消 瀟 燒 甦 疏 疎 簫 蔬 蕭 蘇 逍 酥 銷 霄 颾 騷 손 孫 飡 飧=飱 餐 송 松 쇠 衰 수 修 囚 垂 愁 搜 收 洙 溲 羞 脩 脽 腄 殊 茱 蒐 綏 訓 誰=孰 讐=讎 輸 酬 陲 隨 雖 需 須 饈 鬚 순 純 巡 循 旬 淳 脣 詢 醇 馴 숭 崇 崧 嵩 승 丞 乘 僧 勝. 升 承

昇 繩 蠅 시 匙 嘶 媤 尸 屍 施 時 柴 猜 詩 顋
신 伸 侁 呻 娠 新 晨 申 紳 臣 薪 身 辛 辰 심
尋 心 愖 深 潯 쌍 雙

아 丫 俄 兒 哦 娥 堊 峨 牙 痾 芽 蛾 衙 阿 鴉
阿 鵝=鵞 안 侒 安 鞍 顔 암 唵 巖 岩 嵒=嵓
庵 癌 碞 菴 裺 諳 闇 앙 央 姎 岟 昻 殃 泱 秧
鴦 애 厓 哀 唉 哾 啀 埃 崖 涯 敱 皚 睚 앵
嚶 罃 櫻 鶯 야 挪 揶 椰 爺 耶 양 佯 嚷 냥 孃
徉 揚 攘 暘 楊 洋 瀼 煬 痒 瘍 癢 羊 襄 陽 驤
어 唹 嗎 於 淤 漁 魚 齬 언 嫣 焉 言 엄 嚴 奄
巖 淹 醃 여 予 余 如 畬 筎 艅 茹 蜍 與 餘
연 埏 壖 妍 娟 延 悁 捐 椽 沿=沿 涎 涓 淵 然
烟 煙 燃 燕' 硏! 筵 緣 胭 臙 蜎 鉛 鳶 염 厭
炎 閻 髥 鹽 영 塋 嬴 嶸 楹 榮 濚=瀠 瀛 瀯 煐
營 瑛 瑩 瓔 嬰 盈 英 縈 贏 迎. 霙 예 倪 兒 翳
譽 齯 오 吳 吾 唔 嗚 嗷 聱 娛 敖 梧. 歍 污 洿
烏 蜈 謷 遨 鰲 온 溫 熅 瘟 縕 醞 옹 喁 擁

癰翁臃雍 와 吪渦窩窪蛙蝸訛譌 완
完捥豌頑 왕 枉汪王 왜 倭哇娃 외 偎
嵬巍椳渨溾煨隈隗 요 僥凹喓嗂夭堯
妖姚媱嶢幺徼愮憿搖擾榣橈澆瑤祅
窯繇腰要謠遙邀 료飉 료飂 颻饒 용 傭墉
容庸慵惷溶舂茸蓉鎔鏞 우 于優吘喁
嚘尤愚憂牛紆疣盂肬虞隅郵雩 운 云
橒沄澐熉紜耘芸蝹雲 웅 熊雄 원 元
冤原員圓園垣媛嫄寃怨愿援楥洹源
湲爰猨猿眢謜螈袁鴛 위 危圍威湋
爲! 痿萎葳逶違韋魏 유 儒兪呦! 唯! 喩
嚅婑媃嬬孺帷幽悠惟愉揉揄攸柔楡
楢油湭游濡燸猶. 猷[illegible]由睮維羭腴臾
萸蕤蝚蝣襦諛蹂踰逾遊遺. 류 劉 윤
尹 융 戎毧絨羢融 은 垠恩慇殷誾銀
음 吟. 婬淫瘖陰霪音韾 응 凝. 應' 膺鷹
의 依儀宜疑薏衣醫 이 伊夷侇咦咿姨
彛=彝怡恞洏洟痍移羨羠而蛜袘衺貽

輛 轜 迻 酏 頤 飴 鮞 鮧 인 人 仁 咽 因 堙 寅
氤 湮 煙 禋 紉 茵 螾 裀 諲 陻 임 任 壬 妊=姙
잉 仍 扔

자 咨 嗞 姿 孖 慈 滋 茲 瓷 痄 疵 磁 耔 茨 訾
諮 貲 資 雌 粢 髭 髭 잔 僝 孱 殘 潺 잠 岑
撏 涔 潛 箴 簪 蠶 장 偉 場 墇 妝 嫜 嬙 將.
張 暲 椿 樯 漿 獐 牆=墻 章 粧 腸=膓 臧 裝 莊
藏. 薔 薔 長. 障 麞 재 哉 才 材 栽 災 纔 裁
財 齊 齋 齎 쟁 爭 琤 錚 저 低 儲 樗 瀦 狙
猪 疽 菹 藷 藸 袛 褚 豬 趄 躇 전 佃 傎 傳 全
前 剪 塡 姾 嫥 專 塡 巓 廛 悛 搷 栓 氈 湔 滇
煎. 戔 田 痊 癲 筌 箋 纏 羴=羶 膻 荃 詮 蹎 邅
銓 錢 鐫 顚 饘 鬋 鱣 齻 점 佔 占 岾 漸 粘 蔪
阽 霑 鮎 黏 정 丁 亭 停 偵 淨 呈 埩 婷 庭 廷
征 怔 情 旌 晶 朾 桯 梈 楨 正 汀 渟 炡 玎 疔
眐 睛 禎 程 筳 箐 精 虰 蜓 貞 赬 酲 霆 釘 鉦
頳 제 儕 啼 堤 媞 擠 梯 稊 臍 蠐 諸 蹄 醍 除

隄 隮 鞮 題 齏　조 佻 啁 嘈 嘲 嶆 彫 徂 慒 操
晁 曹 朓 朝 條 槽 殂 潮 祧 租 糟 臊 艚 蜩 螬
調 跳 遭　존 存 尊　종 孮 宗 從 悰 柊 淙 稯
終 縱 踪=蹤 蹱 鍾 鐘 騣 鬃 鯼 鬷　좌 痤 銼
주 侏 侜 儔 周 啁 姝 州 幬 廚 朱 株 洀 洲 燽
珠 疇 籌 紬 綢 舟 蛛 袾 裯 誅 譸 跦 躊 躕 週
준 樽 竣 鐏 䞭 踆 逡 遵　중 中 重　증 增 憎 曾
橧 烝 繒 蒸 譄　지 之 坻 持 支 枝 池 知 祗 肢
脂 芝 蜘 衼 踟 遲　진 唇 嗔 塵. 振 桭 榛 津
溱 濜 珍 畛 眞 瞋 禛 秦 䐜 臻 謓 辰 鎭 陳　짐
斟　징 徵 懲 澄 癥

차 侘 叉 嗟 奓 嵯 差 㤞 扠 搓 杈 瑳 磋 艖 蹉
車 遮 醝　찬 鑽 餐　참 儳 參 嶄 巉 慙 攙 欃
讒 饞　창 倀 倉 倡 傖 刱 創 娼 彰 昌 槍 滄 瘡
窓=窗 艙 菖 蒼. 鶬　처 妻. 悽 淒　천 仟 儃 千
天 川=巛 泉 穿 遷 阡　첨 僉 呫 噡 尖 檐 沾 添
瀸 甛 瞻 簷 簽 籤 襜 詹 酟　청 廳 晴 淸 聽'

菁 蜻 青 鯖 제 啼 초 僬 初 噍 嫶 嶕 怊 抄
招 椒 樵 焦 燋 礁 瞧 秒 肖 蕉 貂 軺 迢 촌 村
=邨 총 匆 叢 寵' 悤 聰 蔥 藂 최 催 崔 摧 榱
縗 脧 추 啾 娵 媰 惆 抽 推 掫 揂 搊 楸 樞 湫
犓 秋=秌 粗 芻 篘 萩 蝤 趨 追 錐 錘 隹 鞦 騅
鰌 鰍 鶖 춘 春 杶 椿 橁 충 充 冲 忠 忡 沖
浺 沖 漴 衝 衷 췌 膵 취 吹. 娶 炊 층 層 치
嗤 媸 梔 治 痴=癡 眵 蚩 馳 鴟 鵄 친 親. 침
侵 唚 忱 梣 沈 琛 砧 碪 針 鈂 鍼 駸 칭 稱.

타 他 佗 拖 沱 跎 酡 陀 馱=駄 駝 鮀 鼧 탄 呑
彈 攤 歎! 殫 癱 譠 탐 探 眈 耽 貪 酖 탕 湯
태 台 抬 炱 笞 胎 苔 跆 颱 駘 鮐 탱 樘 橕
터 攄 톤 啍=噋 통 恫 筒 筩 通 퇴 堆 隤 頹
魋 투 偷 投 渝 骰

파 吧 坡 婆 巴 把! 波 爬 琶 疤 笆 芭 陂 頗 豝
패 牌 팽 伻 彭 澎 烹 편 便 偏 媥 扁 楄 猵 篇

編 緶 翩 艑 蝙 褊 鞭 鯿 폄 砭 평 坪 平. 怦
抨 枰 泙 萍 評 閛 포 勹 包 匍 匏 咆 庖 抛 泡
炮 炰 胞 苞 葡 蒲 袍 褒 酺 鞄 餔 麅 齙 표 剽
幖 彪 慓 杓 標. 漂 熛 猋 瓢 票 飄 飈 驫 髟
풍 楓 葻=風 瘋 豊=豐 馮 麷
피 披 疲 罷 皮 詖

하 何 岈 河 煆 荷 蕸 蝦 赮 遐 霞 颬 鰕
한 嫺=嫻 寒 憪 翰 邯 閒 閑 韓 함 函 含 咸 啣
=銜 涵 緘 諴 鰔 醎=鹹 항 伉 吭 姮 嫦 恒 杭
沆 缸 肛 航 行 降 頏 해 侅 偕 咍 垓 奚 孩 峐
楷 胲 諧 賅 陔 骸 행 行 䳙 향 薌 鄉 餉 香
麘 허 噓 墟 嘘 栩 歔 虛 헌 軒 현 儇 弦 懸
泫 玄 玹 絃 縣 翾 胘 舷 蚿 蠉 誸 譞 賢 혐 嫌
鹻 형 亨 兄 刑 哼 型 夐 娙 形 滎 瀅 熒 脝 荊
蘅 螢 衡 縈 陘 馨 혜 傒 兮 彗 徯 豯 蹊 醯 鞋
鞵 鼷 호 乎 呼! 嘑 嘷 壕 壺 楜 毫 湖 濠 狐
猢 獆 瑚 瓠 糊 胡 蒿 號 蝴 蠔 譹 豪 醐 頀 餬

혼 婚 惛 惽 昏 殙 渾 涽 睧 睯 閽 餛 餫 魂 鼲

홍 哄 弘 泓 洚 洪 灴 烘 篊 紅 虹 谼 鴻 화 化.

和 嘩=譁 㦊 盉 禾 花 華 譁 鏵 靴 龢 환 丸 圜

懁 懽 桓 歡 汍 澴 環 紈 還 鐶 鰥=鱞 황 凰 喤

堭 徨 惶 湟 潢 煌 瑝 璜 皇 篁 肓 荒 蝗 蟥 諻

隍 黃 회 佪 回 廻 徊 恛 懷 櫰 洃 洄 淮 灰 茴

蚘 蛔 鮰 횡 橫. 谹 鐄 효 哮 嘵 嘐 嗃. 嚆 憢

梟 歊 洨 涍 淆 爻 痚 肴 虓 餚 후 侯 喉 猴

훈 勛=勳 塤=壎 曛 焄 熏 燻 矄 纁 葷 𦹍 薰 醺

훤 喧 暄 煊 萱 諠 휘 徽 揮 暉 煇 輝 隳 麾 휴

休 倠 携=攜 烋 畦 茠 虧 흉 兇 凶 恟 胸 訩 詾

흔 妡 忻 昕 欣 炘 痕 흠 欽 歆 흥 興 희 俙

僖 唏 嘻 噫 囍 姬 嬉 希 悕 晞 曦 桸 欷 歖 熙

熹 爔 睎 禧 稀 羲 誒 譆 豨

仄聲字

(上聲·去聲)

가 可 假 價 坷 嫁 暇 架 榎 稼 舸 賈 駕 간 侃
墾 幹 懇 揀 柬 榦 澗 簡 艮 諫 間 靬 齦 감 凵
勘 坎 歛 感 憾 撼 敢 橄 欿 歛 減 監 瞰 紺 甘
輡 鑑! 강 㟝 强 彊 慷 絳 襁 講 降 鋼! 개 介
价 個 凱 嘅 塏 愷 愒 愾 慨 改 槪 漑 疥 箇 芥
蓋=盖 蚧 鎧 颽 갱 更 거 倨 去 岠 巨 懅 拒
據 擧 柜 炬 袪 詎 距 踞 蘧 遽 鉅 鐻 건 件 健
建 腱 謇 蹇 鍵 검 儉 劍=劒 檢 瞼 臉 芡 게
偈 愒 憩 揭 견 牽! 犬 狷 甄 畎 絹 見 譴 趼
遣 겸 慊 歉 鰜 경 俓 儆 勁 哽 埂 境 扃 巠
徑 慶 憬 憼 擎 敬 景 暻 梗 檠 炅 痙 硬 磬 竟
競 綆 耿 脛 警 逕 鏡 頃 頸 鯁 계 係 啓 契 季
届=居 悈 悸 戒 桂 械 棨 檕 瀱 界 瘈 癸 禊 稽
系 繫 繼 薊 計 誡 고 估 古 叩 告 固 庫 拷 故
槀 痼 瞽 祰 稿 絝 考 股 膏 苦 藁 蠱 袴 詁 誥
賈 酤 錮 雇 顧 高 鼓 곤 困 悃 棍 滾 衮 공
供 共 孔 恐 悾 拱 控 跫 空. 貢 鞏 과 夥 寡
果 裹 胯 菓 課 跨 過 顆 骻 髁 관 串 冠 慣 款

灌 琯 盥 管 綰 觀 貫 館 鸛 광 壙 廣 曠 爌 矌
鑛 괘 卦 挂 拐 掛 罣 罫 褂 괴 傀 塊 壞 媿 怪
愧 魁 교 咬 噭 姣 嶠 巧 撟 攪 教 校 狡 皎 皦
矯 絞 膠 譑 蹻 較 轎 餃 齩 구 九 久 傴 具 冓
口 句 咎 嘔 垢 姤 嫗 媾 寇 懼 扣 救 柩 構 毆
狗 玖 究 耉 舊 臼 舅 苟 覯 購 遘 韭=韮 驅' 군
郡 권 倦 券 勸 卷 圈 捲 綣 眷 睠 궤 几 匱 机
氿 潰 詭 跪 軌 귀 句 貴 鬼 규 叫 揆 糾 跬 균
菌 근 僅 墐 慬 槿 覲 謹 近 饉 금 噤 妗 禁 衿
錦 긍 肯 기 企 其 嗜 器 妓 寄 己 幾 忌 技 旣
杞 棄 氣 汽 祈 紀 綺 記 豈 起 跂 騎 驥 긴 緊

나 娜 糯 那! 난 暖 煖 難 남 喃 내 乃 內 奈
耐 랭冷 녀 女 념 念 노 努 弩 怒 뇌 惱 腦 뇨
嫋 尿 淖 눈 嫩 뉴 狃 紐 鈕 니 泥 膩 님 賃

단 但 斷 旦 段 短 緞 袒 鍛 담 啖 擔 淡 澹 膽
당 儻 撞 當 讜 黨 대 代 垈 大 對 帶 待 戴 袋

隊 貸 黛 도 倒 到 堵 導 島 度 悼 掉 擣 棹 櫂
渡 燾 盜 禱 稻 賭 艊 覩 賭 跳 蹈 道 鍍 韜 돈
敦 沌 豚 遁 遯 頓 동 涷 動 棟 洞 涑 董 胴
두 斗 杜 痘 肚 脰 荳 蚪 讀 豆 阧 陡 둔 遁 遯
鈍 등 凳 墱 嶝 磴 等 蹬 鄧 鐙

라 倮 刺 喇 懶 瘰 癩 羸 蠃 裸 란 亂 卵 嬾 爛
람 擥 攬 欖 濫 覽 랑 埌 眼 朗 浪 狼 래 徠
랭 冷 량 亮 倆 兩 掠 緉 諒 踉 量 魎 려 侶 勵
厲 呂 唳 悷 慮! 戾 旅 礪 麗 련 孌 戀 攣 楝
煉 練 輦 鍊 렴 斂 殮 溓 령 令 岺 嶺 零. 領
례 例 禮 醴 隸 로 労. 嫪 擄 櫓 潦 癆 老 虜 路
輅 露 魯 鷺 론 論 롱 哢 壟 弄 籠. 朧 뢰 儡
磊=磥 瀨 籟 蕾 礌 賂 賴 료 了 僚 嘹 嫽 料 燎
療 瞭 繚 룡 龍 루 僂 壘 屢 淚 漏 瘻 累 陋
鏤 류 廇 柳 溜 琉 謬 類 름 澟 廩 懍 릉 淩.
稜 리 俚 利 吏 履 李 理 痢 裏=裡 鯉 里 離!
린 吝 嶙 燐

마 媽 磨 禡 馬 麼 만 娩 墁 嫚 幔 慢 挽 晩 曼
滿 漫 矕 縵 萬 蔓 謾 輓 망 妄 忘! 惘 望 朢
網 罔 輞 매 妹 寐 昧 每 眛 罵 賣 買 邁 魅 맹
孟 懜 猛 瞢 艋 蜢 黽 면 丏 俛 免 冕 勉 愐 眄
麵 緬 面 麪 명 命 暝 溟 皿 瞑 茗 酩 모 侮
冒 募 姆 姥 媢 帽 慕 慔 暮 某 母 牡 眊 耄 耗
貌 몽 夢 懵 묘 卯 墓 妙 廟 昴 杳 渺 眇 秒
무 務 嘸 嫵 戊 拇 撫 武! 畝 瞀 繆 舞 茂 貿 踇
霧 鶩 鵡 문 們 吻 問 抆 文. 汶 紊 聞 미 味
娓 媚 尾 彌 未 米 美 靡 민 悶 愍 慜 憫 敏 閔

반 伴 半 反 叛 扳 泮 畔 絆 胖 返 飯 방 仿 倣
傍 嗙 妨 彷 徬 放 昉 榜 紡 舫 膀 訪 謗 防
배 倍 北 拜 湃 焙 背 輩 配 범 帆! 梵 汎 泛 犯
範 변 卞 弁 忭 拚 汴 變 辨 辯 병 丙 並 倂
偋 幷 屛 柄 炳 病 秉 竝 迸 鉼 餠 보 保 堡 報
寶 普 步 甫 葆 補 褓 본 本 봉 俸 奉 捧 縫
鳳 부 仆 付 俯 傅 剖 副 否 埠 婦 富 府 復 斧

父 釜 衵 簿 缶 腑 腐 覆 訃 負 賦 賻 赴 部 阜
附 鮒 분 僨 分. 噴. 墳. 奮 奔 忿 憤 潰 粉 糞
비 備 匕 匪 否 嚊 妣 屁 庇 悱 憊 比 沸 泌 畀
痞 痱 痺 祕 秕 翡 臂 菲. 譬 鄙 費 髀 鼻 빈
儐 擯 殯 牝 鬢 빙 娉 聘 騁

사 士 乍 事 些 仕 伺 似 使 史 嗄 嗣 四 寫 寺
射 巳 思 捨 榭 死 泗 瀉 社 祀 肆 舍 謝 賜 赦
飼 駟 麝 산 傘 散 産 疝 霰 算 蒜 삼 滲 상 上
像 償 喪 尚 想 慯 橡 爽! 狀 相 象 賞 顙 새
塞 灑 璽 생 眚 서 墅 壻=婿 嶼 序 庶 恕 抒
敍 暑 曙 栖 瑞 紓 絮 緖 署 薯 誓 逝 黍 鼠 선
先 善 嬗 扇 旋 煽 癬 禪 線 繕 羨 腺 膳 蘚 跣
選 鄯 銑 霰 鮮 섬 剡 閃 성 姓 性 惺 晟 盛'
省 聖 醒! 세 世 勢 歲 洗 稅 細 說 貰 소 劭
召 嘯 埽 塑 小 少 所 愬 捎 掃 沼 溯 燒 疏 瘙
笑 素 紹' 招! 訴 遡 邵 손 巽 損 遜 송 宋 悚
竦 訟 誦 送 頌 쇄 刷 曬 殺 灑 瑣 碎 鎖 수

受 叟 售 嗽 嗾 壽 嫂 守 宿 岫 帥 戍 手 授 收
數 樹 水 漱 燧 狩 獸 瘦 睡 秀 穗 竪 粹 綏 繡
脺 藪 袖 誶 豎 輸 遂 邃 隧 首 髓 순 徇 楯 殉
盾 瞬 筍 舜 順 쉬 晬 승 丞 乘 勝. 시 侍 始
媤 市 施 恃 是 枾 矢 示 翅 視 試 諡 諰 豉 豕
신 信 愼 汛 神 腎 蜃 訊 迅 심 審 椹 沈 瀋 甚
葚 씨 氏

아 亞 俹 哦 啊 啞 娿 婭 我 瘂 砑 訝 迓 雅 餓
안 岸 按 晏 案 眼 雁 鴳 암 唵 埯 暗 菴 闇
앙 仰 怏 泱 盎 鞅 애 呃 嗄 噫 噯 娭 娾 愛 挨
曖 睚 瞹 碍 磑 礙 艾 藹 譪 隘 靄 餲 야 也 冶
夜 惹 若 野 양 壤 恙 攘 樣 漾 瀁 煬 痒 禳 穰
讓 釀 颺 養 어 圄 圉 御 淤 瘀 禦 語 馭 언 偃
堰 彥 諺 엄 俺 埯 奄 掩 晻 釅 隒 顩 에 恚
曀 여 予 汝 與 蕷 藇 輿 연 偄 嚥 嬿 宴 曣
演 燕 研 硯 縯 衍 讌 軟 醼 염 冉 厭 染 焰 艶
苒 념 念 영 咏 影 映=暎 永 泳 浧 癭 穎 詠 迎

예 乂 刈 叡 拽 曳 濊 睨 睿 瞖 穢 羿 芮 蕊 藝
蘂 蘙 裔 詣 譽 豫 銳 霓 預 饐 례隷 오 五 仵
伍 俉 傲 午 铻 塢 墺 奧 媼 寤 忤 悟 悮 惡 慠
懊 捂 敖 旿 晤 梧. 汙=汚 汻 澳 燠 窹 襖 誤 謷
隖 隩 鼇 온 慍 媼 溫 熅 穩 縕 蘊 醞 옹 壅
擁 滃 瓮 甕 雍 와 瓦 臥 완 妧 婉 宛 忨 捥
浣 涴 玩 琬 緩 脘 腕 왕 往 旺 枉 王 왜 矮
외 外 嵬 猥 畏 瘣 碨 磈 隗 요 偠 僥 夭 姚 嬈
뇨嫋 徼 抝 擾 曜 樂 殀 溔 燿 窅 窈 繞 耀 要
遶 용 傭 勇 悀 涌 湧 溶 用 甬 聳 茸 蛹 踊 踴
우 佑 俁 偊 偶 又 友 右 宇 寓 瑀 祐 禹 羽 耦
芋 藕 迂 遇 雨 髃 운 惲 暈 殞 運 隕 韻 원
媛 怨 愿 援 朊 瑗 苑 遠 院 願 위 位 偉 僞 喟
噅 委 媦 尉 萎 慰 渭 煒 爲. 瑋 緯 胃 葦 衛 謂
讆 유 乳 侑 兪 呦! 唯! 喩 囿 姷 孺 宥 幼 庾
怮 愈 揉 有 柚 楺 煣 猶. 痏 瘉 腴 裕 誘 諭 蹂
鞣 遺. 酉 釉 윤 允 尹 潤 胤 閏 은 垽 殷 䌥 隱
음 吟. 蔭 飮 응 凝 應 의 倚 儗 劓 意 懿 擬 毅

矣 義 薿 螘 蟻 衣 誼 議 譺 顗 이 二 以 佁 已
弛 易 爾 珥 異 耳 肄 니膩 苡 袘 貳 迆 迤 邇
酏 餌 인 刃 印 姻 引 忍 肕 荵 蚓 訒 認 靭 韌
임 任 稔 腍 荏 衽=袵 님賃 잉 剩 孕 媵

자 仔 刺 姊=姉 子 字 恣 杍 榨 炙 煮 玼 眥=眦
積 紫 者 耔 自 藉 訾 赭 鲝 잔 孱 剗 棧 盞 잠
嵁 暫 장 丈 仗 匠 墇 壯 奘 將 嶂 帳 掌 杖 槳
狀 獎 瘴 暲 臟 葬 蔣 藏 醬 長 障 髒 재 再 在
宰 滓 載 쟁 爭 諍 저 佇 咀 坻 她 姐 底 抵
杵 杼 楮 沮 渚 牴 疷 箸 紵 翥 苧 著 詛 貯 跙
這 邸 阺 陼 骶 齟 전 佃 偀 傳 典 囀 塡 壂 奠
展 戰 揃 搌 槙 殿 淟 湔 澱 煎 甸 癜 箭 篆 翦
腆 腾 輾 轉 邅 電 餞 鬋 점 占 唸 墊 岾 店 漸
点=點 蘄 颭 정 丼 井 姘 定 幀 庭 廷 挺 掟
政 整 梃 正 汀 淨 瀞 町 睜 穽 竫 艇 訂 鄭 酊
鋌 錠 阱 霆 靖 艴 靚 靜 頂 鼎 제 制 劑 娣 帝
弟 悌 懠 提 擠 漈 濟 睇 祭 第 薺 製 際 霽 齊

齊 조 佻 俎 兆 助 嘈 噪 窕 弔 措 操 早 昭 棗
漕 澡 照 燥 爪 眺 祖 祚 窕 糙 組 肇 胙 藻 詛
詔 誂 調 譟 趒 趙 躁 造 釣 鑿 阻 雿 鳥 종 從
慫 種 粽=糉 綜 縱 腫 踵 좌 佐 侳 剉 坐 左 座
挫 袏 죄 罪 주 丶 主 住 胄 呪 嗾 奏 宙 封
晝 柱 注 湊 炷 籒 紂 紬 肘 胄 腠 蛀 註 走 酎
酒 鑄 駐 준 俊 儁 准 噂 埈 寯 峻 惷 浚 準 濬
焌 晙 睃 繜 蠢 譐 蹲 陖 隼 餕 駿 중 中 仲 衆
重 즘 怎 증 甑 症 證 贈 지 底 只 咫 地 址
坻 底 志 指 摯 旨 智 枳 止 沚 洔 漬 痣 祉 砥
紙 至 舐 誌 識 趾 遲. 銡 진 儘 嚋 振. 搢 晉
殄 濜 畛 疹 盡 眕 眹 稹 縝 袗 診 賑 趁 進 鎭
陣 震 黰 짐 朕

차 且 佌 佽 侘 借 叉 嗟 嗻 奓 扯 次 此 汊 瑳
磋 衩 찬 儹 儧 撰 澯 燦 璨 瓚 竄 纂 讚 贊 鑽
饌 饡 참 僭 儳 塹 慘 憯 懺 斬 站 讖 鑱 黲
창 倡 滄 刱 創 唱 廠 悵 愴 敞 昶 暢 鶬 漲 脹

蒼 채 債 寨 彩 採 瘵 綵 菜 蔡 采 처 淒 妻.
處 천 喘 擅 淺 穿 薦 賤 踐 闡 첨 忝 舔 諂
讇 餂 청 淸 請 聽 체 体 剃 挮 掣 替 殢 涕
滯 砌 禘 締 蒂=蔕 諦 逮 遞 遰 軆=體 초 俏
偢 僬 哨 噍 峭 悄 愀 楚 超 煍 炒 礁 礎 秒 艸
草 譙 酢 醋 醮 촌 寸 총 冢=塚 寵' 憁 摠 總
銃 최 嘬 最 綷 추 僽 墜 掫 棰 皺 縐 諈 醜
錘 雛 충 虫 蟲 衷 췌 悴 惴 瘁 膵 脆 萃 취
冣 取 吹 就 翠 聚 臭 趣 醉 驟 鷲 치 侈 値 哆
峙 幟 厠=廁 恥 治 熾 痔 稚 緻 置 致 豸 跱 陊
雉=鴙 齒 친 親 침 唚 寢 枕 浸 針 칭 秤 稱

쾌 噲 夬 快 獪 筷

타 他. 佗 吒 咤 唾 埵 墮 奼 妥 惰 打 拕 朶 柁
舵 袉 詑 跺 탄 僤 嘆 坦 㜊 憚 撣 歎! 湠 灘
炭 綻 誕 탐 僋 嗿 㥏 探 撢 耽 醓 탕 婸 宕
帑 盪 蕩 踼 逿 태 兌 埭 太 怠 態 殆 汰 泰 蛻

駘 토 兎 吐 土 討 鵌 통 洞 侗 慟 捅 桶 痛 統 퇴 腿 褪 退 투 套 妒 妬 綉 透 鬪

파 帊 帕 怕 把! 播 派 破 罷 跛 靶 頗 판 判 坂 板 版 瓣 販 辦 阪 패 佩 唄 悖 敗 沛 浿 狽 珮 珼 稗 罷 誖 覇=霸 貝 霈 팽 膨 편 便 惼 片 碥 遍 폄 砭 窆 貶 평 平. 評. 폐 吠 嬖 幣 弊 廢 敝 斃 癈 肺 蔽 蜌 閉 陛 포 佈 哺 圃 狍 布 怉 怖 抱 抪 捕 暴 浦 瀑 疱 炮 砲 脯 酺 鋪= 鋪 飽 餔 髱 鮑 麭 齙 표 俵 僄 剽 勡 彯 標. 殍 漂 瞟 縹 表 裱 褾 諘 豹 푼 分 품 品 稟 稟 풍 諷 피 佊 僻 彼 披 被 辟 避 髲

하 下 厦=廈 夏 煆 罅 芐 荷 諕 賀 한 僩 垾 恨 悍 旱 暵 汗 漢 澣 罕 翰. 閈 限 骭 鼾 함 喊 檻 艦 莟 轞 陷 頷 항 亢 伉 吭 夯 巷 抗 沆 港 炕 笐 行 項 頏 해 亥 咳 妎 害 廨 懈 楷 欬 海 胲 薤 蟹 解 邂 醢 餀 駭 행 倖 婞 幸 悻 杏 涬

胻荇行 향 享向嚮晑鄕萫蠁響饗 허
噓許 헌 憲獻 험 嶮譣險驗 현 俔峴昡
晛泫灦炫現眩眴睍矎絢縣虤衒袨見
譞眩鉉鞙顯 형 擤洞泂濙炯熒瑩迥 혜
彗惠慧憓暳槥盻蕙蟪譓譿 호 互冱号
呼唬嘑好嫭=嫮戶扈昊昈晧沍浩=澔滈
滬滸濩琥瓠皓皞縞虎號護鎬顥鳸 혼
倱惛掍涽混渾' 焜 홍 哄汞篊鴻' 화 化'
吴和樺火畫=畵禍話貨 환 喚幻圂奐宦
患換晥渙漶煥環皖睆繯還 황 况況愰
怳恍愰慌晃=晄榥況滉銧貺鎤 홰 噦澅
翽 회 匯回悔晦會檜澮獪禬繪膾薈螝
嗃誨賄鱠 횡 橫. 효 傚効=效孝曉酵 후
佝候厚后吼嗅堠後朽洉煦螑詬逅酗
齅 훈 爋訓 훤 咺烜諼 훼 卉喙毁烜燬
虺譭顪 휘 彙 휴 咻 흉 詾 흔 佷焮 흠 欠
흥 興 희 俙唏喜囍暿憘=憙戱=戲欷蟢豨

仄 聲 字

(入聲)

각 刻 却 卻 各 埆 恪 殼 珏 脚 覺 角 閣 갈 乫
喝 嵑 嶱 暍 曷 渴 碣 竭 葛 羯 蝎 褐 㵣 갑 匣
岬 甲 閘 胛 舺 객 喀 客 갹 醵 噱 臄 걸 乞
乬 傑 杰 桀 嵥 겁 刦 劫 怯 砝 격 嗝 隔 墼
挌 搹 擊 格 檄 滆 激 獥 膈 觡 骼 鬲 결 抉 決
潔 結 缺 訣 袺 鈌 곡 曲 唃 哭 嘝 穀 粬 斛 悎
梏 槲 浀 焅 焀 牿 硞 鵠 蔛 蛐 골 骨 乭 汨 滑
愲 扫 搰 杚 榾 矻 縎 顝 餶 鶻 곶 串 곽 郭
墎 崞 廓 槨 霍 藿 權 欔 漷 瀖 괄 佸 刮 劀 括
栝 髺 鴰 괵 嘓 幗 慖 摑 漍 聝 膕 虢 국 匊
口 國 局 菊 麯 鞠 麴 蘜 趜 跼 踘 躹 굴 乧 [illegible]
倔 屈 堀 崛 [illegible] 淈 [illegible] 窟 궐 亅 孓 厥 闕 劂
귤 橘 극 屐 克 極 劇 戟 剋 棘 隙 郄 亟 [illegible] [illegible]
蕀 襋 [illegible] 글 契 급 給 級 急 及 扱 汲 伋 圾
嬆 岌 彶 忣 皀 忣 [illegible] 笈 芨 길 吉 佶 拮 桔 咭
姞 끽 喫

낙 樂 落 酪 洛 諾 駱 珞 烙 掿 珞 峈 濼 날 捺

捏 茶 陧 垃 埒 捋 揦 揧 楋 瘌 납 納 拉 蠟 臘
衲 魶 啦 [illegible] 菈 邋 鑞 鞡 낙 逽 녁 惄 녈 篞
녑 敜 殜 녹 錄 綠 祿 鹿 碌 菉 僇 㖨 塶 廘 彔
摝 渌 氯 漉 熝 琭 盝 睩 簏 籙 蔍 螰 蹗 轆 逯
醁 놜 豽 貀 눌 訥 吶 抐 肭 뉵 朒 䖡 衄 恧
닉 溺 匿 嫟 愵 搦 糑 닐 昵 暱

달 達 撻 獺 疸 澾 㒓 妲 呾 噠 墶 怛 橽 炟 燵
狚 㺚 笪 繨 躂 답 答 沓 踏 遝 沓 剳 榙 涾 溚
荅 褡 褟 誻 蹋 蹹 鎉 䵬 덕 德 悳 惪 㯖 독
獨 讀 督 毒 篤 秃 瀆 犢 櫝 殰 蝳 韣 돌 突 乭
咄 堗 腯 葖 鍎 鶟 鼵 득 得 嘚 淂 鍀

락 樂 落 洛 絡 珞 酪 烙 駱 諾 峈 濼 犖 硌 鉻
雒 鮥 랄 剌 辣 垃 埒 捋 揦 揧 楋 瘌 鬎 鯻
랍 拉 蠟 臘 啦 搚 柆 磖 [illegible] 菈 邋 鑞 鞡 략 略
掠 剠 撂 畧 력 力 歷 曆 轢 礫 瀝 靂 儮 厤 叻
嚦 壢 屴 擽 朸 櫟 櫪 瓅 癧 皪 砳 磿 礰 秝 蚸

皪 瀝 趔 렬 烈 列 裂 劣 洌 冽 咧 哷 挒 捩 捩
蛚 렵 獵 儠 鼠 擸 欌 躐 鬣 록 錄 綠 鹿 麓
碌 祿 菉 啄 塶 麃 彔 摝 氯 淥 漉 熝 琭 簏 蔍
螰 蹗 轆 逯 醁 錴 騄 鵦 륙 六 陸 戮 僇 剹
坴 淕 磟 稑 穋 踛 鯥 鵱 률 律 率 栗 慄 傈 溧
溧 瑮 硉 葎 鷅
륵 勒 肋 叻 仂 嘞 朸 朸 竻 簕 립 立 笠 粒 砬

막 幕 膜 莫 漠 寞 邈 嘆 塻 慔 暯 暯 藐 말 末
襪 抹 沫 靺 唜 秣 瀎 礣 秣 맥 脈 麥 貊 陌 眽
脉 蛨 貉 貘 멱 覓 冪 塓 幎 溟 멸 滅 蔑 幭
懱 瀎 목 木 目 牧 穆 睦 沐 鶩 莯 몰 沒 歿
歾 莈 묵 墨 默 嘿 嚜 爅 纆 蟔 물 物 勿 沕
岉 昒 芴 밀 密 蜜 謐 嘧 樒 櫁

박 朴 博 舶 薄 迫 搏 駁 拍 泊 剝 縛 箔 撲 璞
膊 珀 粕 雹 樸 亳 噗 曝 爆 欂 煿 狛 瓟 瞨 窇
簙 箔 蚾 鉑 鏄 鏷 颮 駮 骲 髆 발 發 拔 撥 醱

魃 髮 鉢 勃 跋 潑 渤 哱 柭 浡 炦 砵 綍 鈸 胈
袚 백 白 百 伯 栢 柏 佰 魄 帛 粨 菡 벌 罰
伐 閥 筏 垡 법 法 琺 疺 벽 壁 碧 璧 闢 擘
劈 癖 僻 霹 檗 蘗 噼 廦 擗 澼 甓 蘗 薜 별 別
瞥 鱉 鼈 瞥 彆 鼈 蹩 복 福 復 服 伏 覆 腹 複
馥 卜 宓 僕 鰒 葍 匐 茯 輹 畐 墣 幞 襆 栿 楅
獛 蕧 蝠 蝮 袱 樸 霙 簠 噗 북 北 踣 불 不
佛 拂 弗 彿 仏 刜 咈 祓 芾

삭 朔 削 數 索 嗍 搫 搠 槊 爍 蒴 살 殺 薩 撒
乷 煞 摋 榝 蔱 삽 揷 颯 澁 鈒 偛 唼 啑 插 鍤
霎 색 色 索 塞 穡 嗇 嗦 濇 賾 齰 轖 석 錫
石 析 席 釋 碩 奭 夕 昔 惜 晳 淅 汐 潟 蓆 晰
楉 晳 祏 蜥 螫 설 雪 設 說 卨 舌 薛 楔 洩 屑
渫 泄 褻 齧 偰 榍 絏 稧 섭 燮 涉 攝 葉 僷 囁
徢 欇 灄 爕 蠂 속 速 屬 續 俗 束 粟 涑 贖 謖
傈 慄 棟 洬 솔 率 乭 乶 蟀 숙 塾 淑 宿 肅
孰 熟 叔 夙 菽 潚 琡 璹 蓿 술 術 述 戌 鉥 卹

茂 鷀 슬 瑟 膝 蝨 璱 虱 습 習 濕 襲 拾 褶
熠 隰 飁 식 植 式 識 食 飾 息 殖 湜 軾 寔 埴
拭 蝕 篒 喰 媳 瘜 실 實 失 室 悉 螅 蟋 飋
십 十 什 拾 卌 卙 籵

악 惡 岳 握 顎 堊 樂 渥 愕 嶽 齷 幄 鄂 鍔 鰐
偓 鄂 噩 齶 알 斡 閼 軋 謁 嘎 堨 戛 戞 挖 揠
㵎 遏 鶡 餲 압 壓 押 鴨 狎 액 額 液 厄 腋
掖 扼 縊 阨 약 約 藥 弱 若 躍 略 掠 葯 蒻 畧
瀹 爚 禴 箹 籥 蘥 鰯 억 億 抑 憶 檍 臆 澺
얼 孼 櫱 乻 孽 嵲 臬 隉 陧 업 業 業 鄴 殗 㶾
역 易 亦 域 役 歷 驛 逆 譯 疫 力 曆 轢 繹 叻
癧 棫 열 熱 列 悅 裂 劣 閱 烈 咽 涅 說 咧 𡜦
捏 噎 엽 葉 燁 曄 獵 옥 玉 鈺 沃 獄 屋 砡
올 兀 頑 왈 曰 욕 欲 慾 辱 浴 褥 縟 嗕 媷
溽 鵒 욱 旭 郁 昱 煜 頊 稶 勖 彧 栯 勗 울
蔚 鬱 灪 爩 菀 黦 월 月 越 鉞 軏 육 育 肉
毓 六 陸 戮 堉 朒 𧊅 衄 剹 僇 율 律 率 栗 慄

聿 溧 溧 을 乙 圪 鳦 읍 邑 揖 泣 悒 唈 挹
익 益 翼 翊 匿 溺 瀷 翌 謚 嫟 愵 糑 齸 일 日
一 逸 壹 鎰 溢 佾 馹 佚 昵 暱 噎 泆 입 入 立
笠 粒

작 作 昨 酌 雀 爵 綽 鵲 勺 斫 灼 芍 嚼 炸 잡
雜 卡 咔 拃 啑 적 的 滴 適 積 籍 赤 績 摘 跡
敵 蹟 賊 寂 笛 苖 迪 狄 嫡 謫 迹 勣 荻 弔 炙
翟 절 節 絶 切 折 竊 截 浙 癤 窃 접 接 蝶
摺 揖 椄 楪 艓 蜨 菨 褋 蹀 檝 족 族 足 簇 瘯
蔟 졸 卒 拙 猝 倅 죽 竹 粥 줄 茁 窋 笜 즉
卽 則 莭 蝍 鯽 喞 즐 櫛 擳 즙 汁 楫 葺 檝
湒 직 織 稷 職 直 稙 𡡛 㮨 樴 𣻏 禝 犆 질
質 疾 窒 秩 迭 跌 嫉 姪 叱 膣 桎 帙 蛭 侄 瓆
咥 㗧 妷 蒺 집 輯 集 執 緝 什 潗 鏶 偮 咠 戢
諿

착 着 錯 搾 捉 齪 窄 鑿 娖 戳 鋜 鑡 찰 察 擦

札 剎 紮 哳 嚓 拶 檫 책 策 責 冊 柵 嘖 幘 磔
척 拓 尺 斥 隻 戚 滌 陟 脊 瘠 擲 剔 慽 刺 倜
蹠 坧 塉 慼 惄 跖 철 鐵 哲 撤 喆 澈 徹 綴 轍
凸 輟 啜 㯙 蜇 접 捷 帖 妾 疊 牒 諜 貼 輒 睫
堞 倢 喋 婕 惵 耴 踥 踕 鯜 촉 促 觸 燭 蜀 囑
矗 촬 撮 樶 축 築 畜 縮 蓄 蹴 祝 逐 軸 丑
竺 筑 蹙 噈 舳 출 出 黜 朮 측 側 測 惻 仄
厠 昃 칙 則 勅 飭 칠 七 漆 㯃 桼 집 蟄 縶

탁 託 卓 濁 鐸 濯 擢 琢 托 倬 啄 柝 度 拓 坼
晫 琸 탈 脫 奪 탑 塔 搭 榻 傝 택 宅 澤 擇
杔 특 特 慝 忒

팔 八 叭 捌 퍅 愎 폭 暴 爆 幅 瀑 曝 輻 필
筆 必 弼 泌 畢 匹 疋 苾 핍 乏 逼 偪 愊

학 學 鶴 虐 謔 壑 嗃 瘧 确 郝 할 割 轄 乤 嗐
합 合 蛤 盒 閤 陜 哈 闔 嗑 핵 核 劾 翮 헐

歇 瀛 澉 혁 革 赫 爀 奕 嚇 혈 血 穴 頁 孑
翅 屃 泬 협 協 脅 峽 狹 俠 浹 挾 夾 陜 鋏 莢
頰 脇 嗋 愜 脥 혹 惑 或 酷 홀 忽 惚 笏 芴
확 確 擴 穫 碻 攫 활 活 滑 闊 豁 猾 潤 획
劃 獲 嚄 擭 畫 護 휼 恤 譎 卹 흘 屹 紇 吃
訖 仡 汔 齕 흡 吸 洽 恰 翕 噏 歙 潝 힐 詰
黠 頡

漢 詩 韻 考

106韻目

平聲 30韻

上平聲 15韻

東동	冬동	江강	支지	微미	魚어	虞우	齊제
1	2	3	4	5	6	7	8
55	56	57	58	60	61	62	63

佳가	灰회	眞진	文문	元원	寒한	刪산
9	10	11	12	13	14	15
64	65	66	67	68	69	70

下平聲 15韻

先선	蕭소	肴효	豪호	歌가	麻마	陽양	庚경
1	2	3	4	5	6	7	8
71	72	74	74	75	76	77	79

青청	蒸	尤우	侵침	覃담	鹽염	咸함
9	10	11	12	13	14	15
80	80	81	82	83	83	84

仄聲 76韻

上聲 29韻

董동 腫종 講강 紙지 尾미 語어 麌우 薺제
蟹해 賄회 軫진 吻문 阮원 旱한 潸산 銑선
篠소 巧교 皓호 哿가 馬마 養양 梗경 迥동
有유 寢침 感감 儉검 豏함

去聲 30韻

送송 宋송 絳강 寘치 未미 御어 遇우 霽제
泰태 卦괘 隊대 震진 問문 願원 翰한 諫간
霰산 嘯소 效효 號호 箇개 禡마 漾양 敬경
徑경 宥유 沁심 勘감 豔염 陷함

入聲 17韻

屋옥 沃옥 覺각 質질 物물 月월 曷갈 黠힐
屑설 藥약 陌맥 錫석 職직 緝집 合합 葉엽
洽흡

平聲韻　30韻

上平聲(15韻)

1. 東

空다할공 倥분별모를공 公공변될공 釭굴대공 工만들공 功공공 攻칠공
硿돌떨어지는소리공 悾정성스러울공 涳가는비공 蚣지네공 崆산우뚝할공
躬몸소궁 穹하늘궁 窮다할궁 宮궁궐궁 芎궁궁이궁 弓활궁 匑굽실거릴궁

東동녘동 同 한가지동 銅 구리동 桐오동나무동 蝀무지개동 童아이동
潼물결솟아칠동 穜늦벼동 僮아이종동 瞳눈동자동 曈달빛훤히치밀동
艟몽동배동 倲어리석을동 秱벼무성할동 峒민둥산동 茼 쑥갓동

涷소나기동. 얼동 穜늦벼동 籠새장롱 聾귀막힐롱 瓏옥소리쟁그랑거릴롱
櫳난간롱 襱바지가랑이롱 礱갈롱 瀧비부슬부슬올롱 蘢가리울롱
豅크고긴골롱 隴둔덕롱 曨해돋을롱 朧달빛훤히치밀롱 谾산깊숙할롱

嚨목구멍롱 霳우뢰소리롱 巃산가파를롱 癃파리할륭 隆높을륭 窿하늘륭
懞흐리멍텅할몽 濛부슬비몽 瞢눈어두울몽 矇청맹관이몽 朦정신희미몽
蒙어릴몽 艨뚱뚱할몽 曚샐녘몽 懞흐리멍텅할몽 幪덮을몽 檬양귤몽

冡덮을몽 雺안개몽 霿자욱할몽 夢상상할몽 蓬쑥봉

厖형클어진모양봉 烽연기자욱할봉 崇높을숭 崧산우뚝할숭 嵩높을숭
菘배추숭 鶲새목털옹 翁늙은이옹 嗡소울은옹 戎클융 毧솜털융 融화할융

雄영웅웅 熊곰웅 茙해바라기융 中가운데중 柊방망이종 豵새끼되지종
鬉다람쥐종 鯼조기종 終끝종 叢모을총 潨물모일총 悤바쁠총 聰귀밝을총
冢덮을총 匆바쁠총 蔥파총 叢떨기총 潀물모여들총 沖깊을충 冲깊을충

种어릴충 忡근심할충 盅작은잔충 蟲벌레충 浺산밑샘충 沖물충충할충
充채울충 漴물소리충 忠충성충 衷정성충 筒통통 筩대통통 通통할통
恫슬플통 渢물소리풍 馮물귀신이름풍 瘋미치광이풍 風바람풍 楓단풍풍

豐클풍 洪클홍 紅붉을홍 虹무지개홍 烘불에쪼여말릴홍 訌문어뜨릴홍
鴻기러기홍 哄큰소리지꺼릴홍 泓물끌어솟을홍 灴횃불홍 谼큰구렁텅아홍
谾골휑할홍 篊통발홍

2. 冬

共공경할공 供베풀공 恭공순할공 笻공대공 蛬귀뚜라미공 蛩귀뚜라미공
跫발짜국소리공 龔공손할공 邛고달플공 栱떡갈나무공 農농사농 儂나농
噥달게먹을농 憹심란할농 穠나무빽빽히들어설농 膿고름농 濃두터울농

醲텁텁한술농 冬겨울동 烙불꽃동 疼아플동 彤붉은칠할동 龐충실할룡
蠬어린애걸음룡 龍두덕룡 丰예쁠봉 峰산봉우리봉 夆서로바둥거릴봉 烽봉화봉
蜂벌봉 鋒칼날봉 逢만날봉 縫꿰맬봉 封무덤봉 松소나무송 蚣메뚜기송
淞강이름송

蜙베짱이송 鬆터럭더부룩할송 忪눈휘둥거릴송 邕막힐옹 擁안을옹
喁고기입처들옹 雍화할옹. 학교옹 雝화할옹 廱화할옹 嗈기러기짝지어울옹
噰화한소리옹 饔아침밥옹 癰등창옹 臃부스럼옹 容얼굴용 傛몸굽힐용
傭품팔이용

墉담용 慵게으를용 頌모양용 茸풀뾰죽뾰죽날용 舂천차용 摏찌를용
椿두드릴용 庸떳떳할용 鏞큰쇠북용 溶물질펀히흐를용 蓉나무연꽃용
鎔녹일용 羢털가늘융 伀두려울종 鍾병종 鐘쇠북종 倧신인종 淙물소리종

蹤자취종 縱세로종 妐시아버지종 琮자손번성할종 宗밑둥종 從따를종
忪황겁할종 悰즐거울종 慒꾀할종 潨물모일종 瑽패옥소리종 瞛눈에광채날종
罿새그물충 艟몽동배충 兇흉할흉 凶흉할흉 匈지껄릴흉 哅떠들썩할흉

洶물결꿈틀거릴흉 胸가슴흉 訩어지러울흉 詾떠들썩할흉

3. 江

扛마주들강 杠외나무다리강 江가람강 矼돌다리강 舡배강 釭등잔강
崆가파를강 椌축풍류강 腔창자강 槓지렛대공 哤잡된말방 噇먹는모양당
幢기당 撞칠당 橦토막나무당 邦나라방 尨삽살개방 牻얼룩소방 庬두터울방

艕쌍배방 龍잿빛방 逄막힐방 雙둘쌍 樁말뚝장 淙물소리장 摐두드릴창
窓창창 窗창창 谾빈골항 降항복할항

4. 支

龜거북귀 規법규 窺엿볼규 槻물푸레나무규 闚엿볼규 葵아욱규 丌 책상기=其
奇이상할기 倚설기 埼언덕머리기 琦옥이름기 畟비역할기 伎천천한모양기
基터기 碁바둑기 萁콩대기 綦쑥빛비단기 其그기

倛방상탈기 旗기기 稘콩대기 祺길할기 錤호미기 麒기린기 期기약할기
欺속일기 岐두개로갈라질기 踑거터앉을기 夔외발짐승기 崎산길험할기
畸뙈기밭기 踦절름발이기 騎말탈기 僛취하여춤추는모양기

攲기울어질기 祇가사기 肌살기 蚔청개구리기 芪황기기 耆스승기
愭공손할기 尼여승니 呢소근거릴니 怩겸연쩍을니 柅팥배나무니 珉옹덩이니
跜꿈틀거릴니 累맬루 樏썰매류 狸삵리 貍삵리 螭뿔없는용리

氂털끝리 犛호리리 嫠과부리 孷쌍둥이리 罹근심할리 羸파리할리
籬울타리리 麗부딪칠리 鸝꾀꼬리리 梨배리 离밝을리 摛펼리
漓가을비지정거릴리 離떤날리 灕물질편히흐를리 犁얼룩소리 堳담미

眉눈섭미 楣인중방미-門上橫梁 湄풀있는물가미 瑂옥돌미
檿싸라기미 靡흐트러질미 彌더할미 瀰물질편할미 獼원숭이미 鶥왜가리미
琵비파비 悲슬플비 脾지라비 丕클비 岯산첩첩할비

卑낮을비 碑비석비 痺새이름비 比고를비 枇비파나무비 毘두터울비
厶사사사 司맡을사 伺살필사 祠봄제사 私나사 糸극히적은수사 絲실사
師스승사 思생각할사 斯쪼갤사 詞말사 辭말씀사 獅사자사

榹산복숭아사 夊천천히걸을쇠 衰쇠할쇠 垂드리울수 倕무거울수 陲변방수
厜산꼭대기수 隋수나라수 誰누구수 雖누구수 浽부슬비수 綏편안할수
施베풀시 榯문설주시 偲간절히책망할시 凘다할시 時때시

塒홰시 示보일시 尸주검시 匙숟가락시 鍉숟갈시 廝천하게부릴시
詩풍류가락시 屍주검시 澌성에시 徥슬슬걸응시 兒아이아 涯물가애 倭순한모양위
萎쇠약해질위 踒다리부러질위 遺잃어버릴유 爲하위 危위태할위

痿습병위 婑아리따울유 壝토담유 帷휘장유 惟꾀유 維끌어갈유 宜옳을의
疑의심할의 禕보배로울의 醫병고칠의 欹아름답다할의 儀모양의
崖언덕의 而말이을이 移옮길이 貽끼칠이 飴엿이

酏미음이 羠들양이 羨넓을이 訑자랑할이 詑자랑할이 痍다칠이
洏눈물흘릴이 輀상여이 匜손대야이 伊저이, 이이 咿선웃음칠이 彝떳떳할이
夷평평할이 侇무리이 姨이모이 恞기꺼울이 栭작은도토리이

寅공경할이 怡즐거울이 圯흙다리이 栮버섯이 椸피나무이 施잘난체할이
耔김맬자 雌암컷자 茲이자 慈사랑자 磁지남석자 孖쌍둥이자 孜부지런할자
資재물자 瓷사기그릇자 疵흠자 劑싹문지를자 姿맵시자

齋재계할재, 집재 之갈지 芝버섯지 蜘거미지 袛가사지 肢팔다리지
泜균일할지 坻모래섬지 咨꾀할자 墀지대뜰지 泜머뭇거릴지
知깨달을지 池못지 脂기름지 持가질지 搘버틸지 吱가는소리지

支지탱할지 枝가지지 祗공경할지 遲더딜지 踟머뭇거릴지 榱서까래최

追좇을추 搥북칠추 錘저울눈추 隹새추 推옮길추 椎쇠뭉둥이추 錐송곳추
檇찧을취 吹불취 炊불땔취 蚩어리석을치 嗤비웃을치

馳달릴치 癡어리석을치 姼경망할치 夂뒤져서올치 治다스릴치 拸버릴치
差어긋날치 鵄=鴟솔개치 媸더러울치 卮술잔치 笞볼기칠태 罷고달플피
疲피곤할피 皮가죽피 翍날개벌릴피 詖말잘할피

披헤칠피 戲기휘 眭옴평눈휴 虧이지러질휴 倠얼굴추할휴 墮무너뜨릴휴
犧희생희 嘻화락한소리희 禧길할희 羲기운희 誒선웃음칠희 譆에구할희
嬉즐거울희 噫느낄희 僖기꺼울희 姬아씨희 熙빛날희

熹성할희 棙나무썩을희 歖갑자기기뻐할희 巇산가파를희

5. 微

歸돌아올귀 碕굽이진언덕기 頎헌걸찬모양기 幾기미기 嘰입오물거릴기 機기계기
畿경기기 磯여울돌기 禨상서기 譏나무랄기 鞿말재갈기 饑주릴기
圻서울지경기 岓산결에놓여있는돌기 蚚쌀바구미기 微작을미 薇고비나물미

飛날비 非아닐비 屝더러울비 菲향기비 霏눈펄펄날릴비 翡솜털비 緋붉은빛비
誹그르다할비 馡향기비 肥살찔비 妃왕비비 蜚떡풍뎅이비 扉사립문비
裶옷잘잘끌비 巍높을외 威위엄위 葳초목성할위 蝛쥐며느리위 韋다룬가죽위

禕휘장위 違어길위 魏우뚝할위 圍둘레위 衣입을의 依의지할의 徽기휘
暉햇빛휘 揮휘두를휘 輝빛날휘 翬날개훨훨칠휘 唏한숨쉴희 希바랄희

悕생각할희 晞햇살치밀희 睎바라볼희 稀드물희 欷한숨내쉴희 欷흑흑느낄희

6. 魚

車수레거 居살거 崌깊은산거 琚노리개거 裾옷뒷자락거 腒꿩폭거 磲옥돌거
呿입딱벌일거 袪물리칠거 祛소매거 蘧패랭이꽃거 蟝하루살이거 籧대자리거
渠도랑거 蕖연꽃거 璩옥고리거 鐻금은그릇거 懅겁낼거 阹외양간거 挐끌녀

慮생각려 蔄다북쑥려 藘꼭두서니려 廬농막려 臚배불룩할려 驢나귀려
書글서 徐천천할서 㥠지혜서 揟고기잡을서 糈제메쌀서 舒펼서 耡호미서
芧도토리나무서 苴꾸러미서 紓느러질서 蜍두꺼비서 鉏호미서 鋤호미서

蝑메뚜기서 諝슬기서 梳얼레빗소 疏드물소= 疎성길소 疋발소 綀화문소
於어조사어 淤해감어 唹고요히웃을어 漁고기잡을어 如같을여 洳번질여
璵보배옥여 歟그런가할여 妤아름다울여 魚물고기어 予나여 舁마주들여

于어조사우 伃아름다울여 余나여 餘남을 여 與너울너울할여 輿수레바탕여 鴽종달새여
艅나룻배여 鸒갈까마귀여 譽기릴예 且나아가지않을저 儲쌓을저 岨돌산에흙덮일저
狙엿볼저 疽등창저 砠흙산에돌박힐저 瀦물괼저 罝짐승그물저 著옹저저

藷감자저 藸오미자저 樗가죽나무저 豬돼지저 趄머뭇거릴저 除버릴제
蒢외나물제 諸모을제 麆노루새끼조 初처음초 娶장가들취 攄펼터 虛헛될허
魼가자미허 噓불허 墟옛터허 㠊산길험할허 歔한숨쉴허

7. 虞

姑고모고 沽팔고, 살고 枯마른나무고 辜허물고 嫴구차할고 鴣자고새고
孤외로울고 殁이문얻을고 刳쪼갤고 矍눈휘둥거릴구 癯파리할구
躍굼틀굼틀할구 區나눌구 嶇산언틀먼틀할구 軀허우대구 驅몰구 氍담요구

捄흙파올릴구 呴꾸짖을구 昫햇빛따뜻할구 駒망아지구 痀곱사등이구
帑처자식노 駑노둔할노 奴종노 孥처자노 徒다만도 涂도랑도 瘏피곤할도
圖그림도 塗바를도 途길도 荼씀바귀도 稌찰벼도 酴위덮은술도 都도읍도

跿뛸도 筡속빌도 嘟칭찬할도 盧술청로 蘆갈대로 矑눈동자로 嚧웃을로
鑪화로로 瞜애꾸눈루 瘻곱사등이루 毪털비단모 糢모호할모 謨꾀모
嫫더러울모 模모뜰모 摹모뜰모 巫무당무 憮덮을무 毋말무 無없을무

武위엄스러울무 鵡종달새무 亡없을무 蕪황무지무 誣간사할무 儛춤출무
務앞이높고뒤가낮은산무 輔도울보 泭작은떼부 夫사내부 膚피부부 芙연꽃부
痡비척거릴부 鳧물오리부 孚알깔부 垺산위에물있을부 趺도사리고앉을부

跗발등부 扶도울부 柎퍼질부 咐분부할부 拊어루만질부 敷베풀부 柎떼부
俘가져올부 傅베풀부 稃왕겨부 符보람부 甦깨날소 蘇깨어날소 酥타락죽소
需음식수 須기다릴수 鬚턱수염수 茱수유수 殊끊어질수 輸보낼수 洙물가수

吳큰소리할오 烏까마귀오 槝푸른감오 娛즐거울오 麌수사슴오 歍아니꼬울오
吾나오 唔글읽는소리오 梧오동나무오 鼯박쥐오 杇흙손오 污웅덩이오
惡어찌오 蜈지네오 嗚탄식할오 竽큰생황우 隅모퉁이우 齵덧니날우

雩기우제우 虞염려할우 虞염려할우 圩방축우 盱눈부릅뜰우 吁탄식할우
愚어리석을우 喁서로부를우 于여기우 盂바리우 嵎산구비우 逾넘을유
睮아첨할유 喻깨우쳐줄유 諛아첨할유 臾잠간유 萸수유유 瘐근심하여병될유

濡적실유 煗따뜻할유 呴선웃음칠후 嬬아내유 孺젖먹이유 楡느릅나무유
毹털방석유 兪그럴유 儒선비유 媮엷을유 愉기뻐할유 揄당길유 蝓달팽이유
嚅잔말할유 徂갈조 跦강장강장뛸주 朱붉을주 侏난장이주 姝어여쁠주

株구루주 珠구슬주 硃주사주 袾방자할주 蛛거미주 誅벌줄주 廚부엌주
芻짐승먹이추 媰홀어미추 犓소꼴먹일추 趨달아날추 粗거칠을추 樞밑둥추
匍엉금엉금길포 葡포도포 蒲창포포 晡해질포 舖펼포 鋪펼포

餔저녁겯두리포 乎어조사호 呼부르짖을호 垺낮은담호 嘑고함칠호 佝거리낄후
胡어찌호 楜후추호 湖큰물호 瑚산호호 糊풀칠할호 蝴들나비호 醐약주술호
餬미음호 戲서러울호 謼부르짖을호 壺병호 狐의심할호 鬍구레나룻호

嘔기꺼이말할후

8. 齊

烓화덕계 磎시내계 稽머리숙일계 雞닭계 鷄닭계 鸂뜸부기계 谿시내계
鷖갈매기구 圭홀규 奎별규 珪서옥규 蝰번데기규 閨색시규 睽눈흘길규
窐시루구멍규 茥딸기규 暌해질규 泥진흙니 鸝꾀꼬리려 犁보습려

黎동틀려 藜명아주려 鱺뱀장어려 迷미혹할미 砒비상비 西서녘서

棲깃들일서=栖 嘶울시 倪어릴예 睨해기울어질예 蜺말매미예 猊사자예
霓암무지게예 齯노인이다시날예 鷖죽은깨예 翳가릴예 麑사슴새끼예

檌흰대추나무자 低낮을저 衹속적삼저 詆꾸짖을저 羝수양저 啼울체=제
綈두터운비단제 折천천할제 梯사닥다리제 渧물방울제 睼마주볼제
隄방죽둑제 鞮가죽신제 題제목제 鯷메기제 蹄굽제 鮷큰잉어제 鶗접동새제

臍배꼽제 艩노거리제 睇흘깃볼제 蝭쓰르라미제 禔옷두툼할제 蠐굼벵이제
蹏굽제 提던질제 悽슬플처 淒쓸쓸할처 緀무늬놓을처
萋구름뭉게뭉게가는모양처 霋구름뭉게뭉게갈처 妻아내처 奚어찌해 謑비뚤혜

徯뒵들혜 豯돼지새끼혜 蹊지름길혜 傒기다릴혜 鼷생쥐혜 兮말멈출혜
彗비혜 醯초혜 攜끌휴 鑴쟁개비휴 偕화할해

9. 佳

佳아름다울가 街네거리가 喈새소리개 揩문댈개 稭집고갱이개
湝물성할개.= 빗바람칠해 蝔참개구리개 皆다개 堦섬돌계 階섬돌계
乖어글어질괴 槐느티나무괴 埋묻을매 霾흙비매 徘배회할배 排떠밀배

俳광대배 篩체사 崽저새(彼) 柴불땔나무시 祡천제지낼시 厓언덕애
啀어리광부릴애 啀개가물려고할애 崖비틀거릴애 崖낭떠러지애 捱막을애
涯물가의 睚눈흘길애 哇음란한소리왜 蛙개구리왜 䵷개구리왜

娃얼굴이아름다울왜 蝸달팽이왜 崴평평치아니할외 齊재계할재 咦크게부를재

儕무리제 叉양갈래차 齹이갈림차 差가릴채 責빗채 牌호패패 偕함께할해
楷본보기해 諧화할해 骸뼈해 鮭어채해 鞵짚신혜 鞋가죽신혜 懷생각할회

10. 灰

開열개 魁으뜸괴 瑰보배스러울괴 獶노인자제내 捼비빌뇌 臺집대 檯등대대
嬯미련스러울대 籉삿갓대 來올래 萊쑥래 擂갈뢰 蠝박쥐뢰 檑돌굴릴뢰
雷천둥뢰 畾밭갈피뢰 枚줄기매 梅매화나무매 莓이끼매

霉곰팡이매 鋂큰잠을쇠매 媒중매매 煤그을음매 腜첫아이밸매 塺티끌매
培북돋을배 陪버금배 杯잔배 醅술괼배 胚아이밸배 裴옷치렁치렁할배
猜의심낼시 顋빰시, 볼시 獃못생길애 埃티끌애 唉놀라물을애

皚눈서리휠애 哀서러울애 磑쌓을외 渨물결용솟음할외 椳문지도리외
煨불에묻어구울외 嵬산뾰족할외 溾더러울외 桅돛대외 隈모퉁이외 災재앙재
纔겨우재 哉그런가재 栽심을재 裁마름질할재 才재주재 材재목재 財재물재

崔산우뚝할최 催재촉할최 嶉높은언덕최 摧꺾을최 磪험하고높을최
朘어린아이불알최 推말퇴 台별태 抬칠태 胎애밸태 炱그을음태 苔이끼태
颱몹시부는바람태 敦쪼을퇴 槌몽둥이퇴 弟궁상스러울퇴 堆흙무더기퇴

搥던질퇴 積모지러질퇴 倍어길패 咍비웃을해 孩어린아이해 峐민둥산해
晐다해 侅이상할해 該모두해 陔층뜰해 孩방글방글웃을해 廻돌아올회
恛맘허둥거릴회 灰활기없을회 恢넓을회 盔바리회 蚘회충회 蛔회회

豗맞부딪칠회 陔층뜰해 回돌어올회 洄물거슬러흐를회 佪거닐회 鮰민어회
徊배회할회

11. 眞

巾수건건 頵머리통클균 均고를균 筠대껍질균 鈞높임말균 矜창자루근
迍머뭇거릴둔 綸푸른실끈륜 倫인륜륜 淪빠질륜 輪바퀴륜 論차례륜
掄가릴륜 鄰이웃린 隣이웃린 麟기린린 鱗비늘린 潾석간수린

嶙산층대질린 燐반디불린 珉옥돌민 民백성민 旻가을하늘민 岷봉우리민
旼화할민 忞강잉할민 閔병민 怋민망할민 賓손빈 彬빛날빈 霦옥광채빈
貧구차할빈 嚬찡그릴빈 嬪지어미빈 檳빈랑나무빈 濱물가빈

繽성할빈 驞떠들썩할빈 頻자주빈 瀕물가빈 斌빛날빈 蘋마름빈 旬열흘순
峋후미질순 盹눈감을순 諄거듭이를순 巡돌순 漘물가순 循좇을순 淳순박할순
肫광대뼈순 脣입술순 瞤눈꿈적거릴순 荀풀이름순 詢꾀할순 馴길들일순

純실순 辛혹독할신 身몸신 薪섶신 籸녹말신 胂기지개켤신 伸펼신
神정신신 紳점잖은사람신 臣신하신 辰별진, 날신 抻잡아늘일신 新새신
侁떼지어갈신 信펼신 申펼신 甡총총들어설신 呻끙끙거릴신 娠아이밸신

晨샛별신 蝹용굼틀거릴운 齑물깊을윤 尹믿을윤 訢공손할은 銀은은
垠하늘가장자리은 檭은행나무은 人사람인 茵사철쑥인 因인할인 堙막을인
寅동북인 仁어질인 紉바늘에실꿸인 煙기운인 屯어려울준 竣일마칠준

踆물러갈준 遵좇을준 醇전국술준 濜입김서릴진 塡오랠진 津진액진
榛개암나무진 唇놀랄진 嗔성낼진 瞋눈부릅뜰진 禛복받을진 秦진나라진
眞참진 珍보배진 溱성할진 瞋부어오를진 謓성낼진 轃이를진 鎭진정할진

振무던할진 甄질그릇진 塵티끌진 陳벌릴진 臻이를진 鰆상어춘 春봄춘
杶참죽나무춘 椿어르신네춘 親친할친

12. 文

君임금군 宭여럿이살군 裙치마군 軍군사군 群무리군 斤열여섯량중근
厪겨우근 懃은근할근 釿대패근 勤부지런할근 筋힘줄근 芹미나리근 文글문
炆연기날문 紋무늬문 聞들을문 雯구름문채문 魰가물치문 閿눈내리깔고볼문

紊어지러울문 蚊모기문 彣벌겋고퍼런빛문 肦머리클분 紛어지러울분
坌높은언덕분 分나눌분 墳봉분분 濆물가분 芬향기분 雰눈펄펄내릴분
蚡두더쥐분 蕡풀쌓을분 扮한움큼분 氛기운분 衯옷치렁거릴분 秎벼묶음분

焚불사를분 枌흰느릅나무분 縕모시온 紜얼크러질운 雲구름운 芸촘촘할운
云이를운 耘김맬운 員더할운 熉누른빛운 橒나무무늬운 澐큰물결운
誾화평할은 慇은근할은 殷많을은 齗말다툼할은 焄불김오를훈 煇지질훈

熏불김훈 燻불기운훈 纁분홍빛훈 醺훈훈히취할훈 焄김오를훈 葷마늘훈
薰향풀훈 曛땅거미훈 欣기쁠흔 炘화끈거릴흔 訢기꺼울흔 昕해돋을흔
妡아름다울흔 忻기쁠흔

13. 元

腱힘줄건 睷눈으로세어볼건 鞬칼집건 昆맏곤 崑곤륜산곤 菎향풀곤
猑큰개곤 鵾고니곤 坤따곤 根뿌리근 跟발꿈치근 敦도타울돈
燉불이글이글할돈 炖바람불어불길이성할돈 忳민망할돈 惇도타울돈

暾해돋을돈 墩돈대돈 魨복어돈 焞어슴프레할돈 屯모일둔 吨말분명치못할둔
臀볼기둔 論의론할론 崙곤륜산륜 侖덩어리륜 樠송진흐를문 們우리들문
捫더듬을문 門문문 礬백반반 蠜메뚜기번 袢속옷번 翻업치락뒤치락할번

瀿물급히넘칠번 番번수번 幡나부낄번 樊어수선할번 旛기번 籓울타리번
繁많을번 煩번열증날번 蕃더북할번 藩울타리번 燔사를번 飜번득일번
犿서로쫓을변 奔달아날분 噴후내불분 盆동이분 葐향기분 盆동이분

沐샘솟을분 餐먹을손 飧저녁밥손 =飱 孫손자손 言말할언 溫따뜻할온
園동산원 嫄여자이름원 寃원통할원 元으뜸원 怨원수원 窓작은구멍빤할원
愿헤아릴원 袁옷치렁거릴원 援잡을원 杬몸주무를원 楥떡갈나무원

湲물졸졸흐를원 洹흐를원 轅집문원 謜천천히말할원 垣낮은담원
媛맘에당길원 蒝줄기와잎퍼질원 蚖도롱뇽원 蜿굼틀거리는모양원 螈도마뱀원
鴛수원앙새원 猿원숭이원 源근원원 爰당길원 猨잔나비원 獂되지원

冤원통할원 原근본원 恩은혜은 存있을존 尊높을존 嶟산우뚝솟을준
鐏술통준 樽술단지준 村마을촌 呑삼킬탄 啍느럭느럭할톤 軒추녀끝헌
殙흐리멍텅할혼 昏날저물혼 惛혼암할혼 婚혼인할혼 渾흐릴혼

琿아름다운옥혼 睧눈어두울혼 涽산란할혼 閽문지기혼
餛경단혼 魂넋혼 鼲다람쥐혼 惛번민할혼 萱원추리훤 煊따뜻할훤 晅햇기훤
暄따뜻할훤 暖부드러울훤 諠지껄일훤 喧지꺼릴훤 痕헌데자욱흔 掀번쩍들흔

14. 寒

干방패간 奸간음할간 忓요란할간 肝간간 刊새길간 竿낚싯대간
靬마른가죽간 迁구할간 寬너그러울관 看볼간 官벼슬관 冠갓관 棺널관
菅왕골관 觀볼관 難어려울난 丹붉을단 剬잘게썰단 煓불꽃성할단

鄲조나라서울단 單홀로단 團둥글단 摶후려칠단 猯오소리단 壇제터단
端바를단 襌홑옷단 湍여울단 檀박달나무단 襢옷벗어멜단 繵자주색단
簞소쿠리단 溥이슬방울맺힐단 攔막을란 瀾큰물결란 鸞난새란

闌차면란 鑾한림원란 蘭난초란 巒산봉우리만 樠나무진나올만 漫물질편할만
蹣넘을만. 절뚝거릴반 鞔신신을만 曼멀만 謾속일만 鏝흙손만 饅만두만
瞞눈거슴츠레할만 弁즐거울반 番차례반 潘쌀뜨물반

攀덮놔잡을반 搬옮길반 盤소반반 磻반계반 般일반반 鞶가죽띠반
磐너럭바위반 蟠용서릴반 珊산호산 散절뚝거릴산 跚절름거릴산 酸실산
安편안할안 侒편안할안 犴들개안 鞍안장안 完완전할완 豲들양완

蚖까치독사완 岏산뾰족할완 殘쇠잔할잔 鑽뚫을찬 餐반찬찬
巑산이연달아있는모양찬 攢중기중기모일찬 彈탄알탄 歎탄식할탄 攤열탄
灘여울탄 癱사지틀릴탄 嘽헐떡거릴탄 寒추울한 韓한국한 翰편지한

邯조나라서울한 桓모감주나무환 歡기꺼울환 讙지껄일환 絙느즈러질환
峘작은산이큰산보다높을환 丸둥글환

15. 删

馯검푸른말간 閒사이할간=間 艱어려울간 慳인색할간 癎간질간
姦간사할간 擐꽂힐관 關관문관 奻시끄럽게송사할난 蠻야만만 彎굽을만
灣배대는곳만 班벌려설반 頒반포할반 攀휘어잡을반 扳이끌반

般되돌아올반 鴘빼꾸기반 斑아롱질방 山메산 赸뛸산 删깎을산 閂문빗장산
姍예쁠산 顔얼굴안 殷검붉을안 嘫대답할연 頑완고할완 擥당길완
關문지방완 潺물졸졸흐를잔 孱산이높이솟은모양잔 跧업드러질잔

嫺아담할한 =嫻 憪맘고요할한 澖넓을한 閑한가할한 =閒 鷳황새한
懁돌아올환 湲물조졸흐를환 澴물결꿈틀거려흐를환 還돌아올환 鐶고리환
闤저자담환 鰥홀아비환 鰥홀아비환 鸛훨훨날환 環돌릴환 圜둘릴환

下平聲(15韻)

1. 先

虔빼앗을건 乾하늘건 褰걷을건 揵멜건 牽당길견 鵑접동새견 蠲밝을견
睊옆눈으로서로볼견 肩어깨견 幵평평할견 堅굳을견 卷굽을권 拳주먹권
惓삼갈권 圈채그릇권 捲주먹부르쥘권 蜷움추릴권 權권세권

踡곱송거릴권 婘집안붙이권 年해년 蓮연꽃련 攣멜련 漣물놀이칠련
憐불쌍할련 鰱연어련 連연할련 嗹길게말할련 聯연이을련 瞑눈감을면
綿솜면 緜꾀꼬리소리면 棉목화나무면 媔눈매예쁠면 眠잘면 邊가변

甂자배기변 蜁소라선 禒옷너풀거릴선 仙신선선 嬋고울선 船배선
姍옷이찰찰끌릴선 先먼저선 嫙이쁠선 旋돌이킬선 揎소매걷을선 搧부채로칠선
琁아름다울옥선 瑄도리옥선 禪고요할선 璿아름다울옥선 蟬매미선

躚춤너푼거려출선 鮮생선선 撣당길선 宣베풀선 焉어찌언 嗎기꺼워할언
蔫시들언 淵못연 瓀옥돌연 研갈연 羨광중길연 肰개고기연 蜒굼틀거릴연
蜵우렁찰연 然그렇다할연 臙연지연 筵대자리연 涓졸졸흐를연 緣인연할연

鳶솔개연 椽서까래연 涎침연 煙연기연 娟아당할연 妍사랑스러울연 鉛납연
堧강가의땅연 延뻗을연 悁분할연 捐버릴연 𢐩문댈연 沿물따라내려갈연
圜옥담원 員관원원 圓둥굴원 湲물소리원 咽목구멍인 孱잔약할잔

專오로지전 屇구멍전 傎엎드러질전 傳전할전 佺신선이름전 塡메일전

娗계집단정할전 嫥아름다울전 痊병나을전 氈담자리전 葥질경이전
悛삼갈전 悛고칠전 滇성할전 煎다릴전 田밭전 塼벽돌전 荃향풀전

躔햇길전 詮평론할전 便편리할편 全온전전 前앞전 剸오로지전 飦범벅전
饘범벅전 鱣전어전 邅머뭇거릴전 錢돈전 鐫새길전 癲미칠전 顚사랑니전
箋기록할전 羶노린내날전 顚엎드러질전 巓산꼭대기전 蟤꿈틀거릴전

磌돌떨어지는소리전 譂서로사양할전 竣일마칠전 筌통발전 膻젖(안)가슴전
諓착한말전 千일천천 阡밭둑길천 天하늘천 川내천 遄잦을천 拪옮길천
穿뚫을천 泉샘천 灥많은물줄기천 辿느릿느릿걸을천 遷옮길천 儃머뭇거릴천

平편편할편 偏치우칠편 篇책편 扁특별할편 蹁돌쳐갈편 蝙박쥐편 鞭채찍편
翩훌쩍날편 編기록할편 緶꿰맬편 弦반달현 懁급할환 懸달릴현
泫물충충할현 玆검을현 絃줄풍류현 縣매달릴현 翾파뜩파뜩날현 舷뱃전현

蚿그리마현 蠉장구벌레현 譞슬기로울현 賢어진이현 懸달현 玄검을현
儇영리할현

2. 蕭

喬큰나무교 僑붙어살교 憍교만할교 撟밟힐교 橋다리교 嬌아리따울교
驕교만할교 趫나무에잘오를교 轎가마교 趬사뿐사뿐걸을교 鷮올빼미교
翹우뚝할교 嬈어지러울뇨 僚벗료 撩움킬료 料대금료 遼멀료 寮동관료

嫽희롱할료 嘹새소리멀리들릴료 嫽희롱할료 瞭밝을료 憀원망할료

聊애오라지료 猫고양이묘 苗싹묘 錨닻묘 猫고양이묘 描모뜰묘 描기릴묘
宵밤소 哨잔말할소 昭소명할소 莿줄기만서있을소 蕭쑥소 簫퉁소소

瀟비바람칠소 魈산도깨비소 消다할소 銷녹을소 韶아름다울소 踃움직일소
逍노닐소 霄하늘소 燒탈소 笤대비소 翛날개치는소리소 幺작을요
佻느러질요 傜부릴요 僥거짓요 妖요괴로울요 瑤아름다운옥요 嗂기꺼울요

嶢높을요 吆애통하는소리요 堯높을요 夭일찍죽을요 愮심란할요 搖흔들요
謠소문요 儌요행요 邀맞을요 遙노닐요 颻나부낄요 饒배부를요 腰허리요
僥요행요 堯높고멀요 姚어여쁠요 要구할요 調가릴조 鯛도미조 彫새길조

雕수리조 蛁참매미조 蜩말매미조 恌경박할조 潮밀물조 條곁가지조
朝아침조 跳뛸조 噍급할초 嫶얼굴파리할초 憔파리할초 招손짓할초
焦그슬릴초 鍬가래초 僬난장이초 瞧곁눈질할초 譙문다락초 貂돈피초

超뛰어넘을초 迢멀초 樵땔나무초 齠이갈초 肖닮을초 硝망초초 蕉파초초
軺초헌초 怊섭섭할초 椒후추초 嶕산이우뚝하게높은모양초 礁물속돌초
嘌휙불표 慓깃발표 慓급할표 摽칠표 標표할표 熛불똥튈표 漂뜰표

篻가는대표 翲높이날표 鏢비수표 飈미친바람표 飄회리바람표 瓢표주박표
剽표독할표 嫖색에빠질표 哮큰체할효 嘵두려워할효 梟영웅효

3. 肴

敲두드릴고 交사귈교 郊들교 教본받을교 蛟도롱룡교 跤종아리교
磽돌자갈땅교 鮫상어교 膠굳을교 鐃꽹과리뇨 譊볼멘소리할뇨 髎엉덩이뼈료
茅띠모 媌눈매고울묘 巢새보금자리소 巣새집소 捎추릴소 梢마들가리소

鮹문어소 髾털끝소 聱못들은체할오 凹오목할요 坳오목할요 墝메마른밭요
啁지껄일조 嘲희롱할조 抓긁을조 鈔베낄초 鞘채찍초 勦수고로울초
庖푸줏간포 抛버릴포 炰까불거릴포 胞한배포 炮싸서구울포

苞초목이다복히날포 麅고라니포 齙이들어날포 包쌀포 泡물거품포
咆짐승소리포 匏박포 麃누루포 呼부를호 涍물가효 爻사귈효
虓범으르렁거릴효 髇우는화살효 髐해골모양효 庨궁집드높을효 肴안주효

淆어지러울효 嗃부르짖을효 哮울부짖을효

4. 豪

尻꽁무니고 皐불알고 高높을고 篙삿대고 臯못언덕고 膏기름고 糕떡고 餻흰떡고
羔새끼양고 槔용두레고=橰 刀칼도 叨탐할도 咷부르짖을도 慆칼전대도
忉근심할도 慆거만할도 桃복숭아도 搯두드릴도 濤물결도 舠작은배도

謟의심할도 陶질그릇도 魛갈치도 檮토막나무도 滔물창일할도 啕수다할도
秾돌벼도 鞀소고도 勞수고로울로 澇큰물결로 牢우리로 哰말알지못할로
蟧쓰르라미로 醪막걸리료 毛터럭모 酕곤드레만드레할모 牦들소모

搔긁을소 嗸슬픈소리오 遨노닐오 鏊가재오 鏖구리동이오 鰲큰자라오
熬볶을오 爊구을오 敖거만할오 嘈지껄일조 操조종할조 槽말구유통조
洮세수할조 燲사를조 遭만날조 糟지게미조 臊누린내조 蹧굼벵이조

袍도포포 蒿다북쑥호 號부르짖을호 哮울부짖을효 嚎소리높을호 壕해자호
濠해자호 豪호걸호

5. 歌

伽절가 呵꾸짖을가 哥언니가 柯가지가 歌노래가 砢돌서덜가 軻높을가
迦부처의이름가 苛까다로울가 茄연줄기가 蚵도마뱀가 薖넉넉할과 戈창과
過지날과 窠구멍과 科과정과 濄물돌아칠과 那어찌나 挪잡아휠나

多많을다 羅깁라 騾노새라 螺소라라 鑼소라라 蠡소라라 蘿무우라
蟆두꺼비마 磨갈마 摩가까와질마 魔마귀마 鈔구리동이사 蓑도롱이사
抄만질사 唆꾀일사 娑춤추는모양사 蛾나비눈섭아 俄잠깐아 哦읊조릴아

娥어여쁠아 阿언덕아 吪사투리와 囮새후릴와 峨산이높을아=峩 鵝거위아
痾병깊이들아 莪다북쑥아 萵상취와 窩움집와 渦소용돌이와 訛그릇될와
譌와전할와 枙나무마디와 踒거꾸러넘어질와 銼술고리좌 醝흰술차

瑳옥빛 깨끗할차 磋갈차 蹉미끌어질차 搓휘두를차 瑳옥빛깨끗할차
嵯산높을차 鹾짠맛차 砣맷돌타 詑속일타 沱물이갈래질타 跎미끌어질타
鮀모래무지타 鴕타조타 它뱀타 他다를타 陀비탈타 陁섬타 駝약대타

馱탈타 酡취하여얼굴붉을타 頗비뚤어질파 坡언덕파 化될화 波물결파
婆할머니파 河물하 何어찌하 荷연꽃하 禾벼화 龢세피리화, 화할 和
靴신화 和순할화

6. 麻

加더할가 袈가사가 迦부처의이름가 跏도사리고앉을가 茄가지가 珈떨잠가
嘉아름다울가 駕들거위가 笳호드기가 枷도리깨채가 痂헌데딱지가 葭갈대가
椵칼가 家집가 傢세간살이가 呿입딱벌릴가 瓜오이과 夸큰체할과 侉자랑과

跨넘을과 誇자랑할과 撾두드릴과 檛종아리채과 膼발부르틀과 拏잡을나
荼차풀다 麻삼마 痲저릴마 蟆두꺼비마 畬화전사 渣찌끼사 沙머래사
楂까치소리사 賖멀사 柤아가위사=楂. 査조사할사 奢사치할사

莎귀뚜라미사 裟가사사 斜빗길사 鯊모래무지사 蛇배암사
邪간사할사. 그런가야 闍화장할사 紗깁사 丫두갈래질아 亞갈라질아
牙어금니아 鴉갈까마귀아 芽싹아 蚜진딧물아 齖뻐드렁니아 衙관아아

椏나무가지아귀질아 耶그런가야 椰야자나무야 揶희롱짓거리할야 揶희롱할야
爺노인존칭야 婼거역할야 癢가려울양 汚더럽힐와 哇음란한소리와
洼굽을와 窪웅덩이물와 窊웅덩이와 漥웅덩이와 窪도랑와 奓자랑할차

苴마름풀차 嗟잠깐동안차 叉손길잡을차 差어기어질차 扠집어낼차 杈작살차
遮가릴차 釵비녀차 譇말다툼할차 咱나차 車수레차 杷비파나무파
笆대바자파 爬긁을파 巴꼬리파 把줌파 琶비파파 芭파초파 疤흉터파

假아득할하 呀입딱벌릴하 瑕옥티하 遐멀하 瘕계집병하 霞노을하 蕸연잎새하
蝦두꺼비하 划삿대화 找상앗대화 華빛날화 譁지껄일화 鷨뻐꾸기화
鏵삽화 靴양화화 花꽃화

7. 陽

姜성강 僵업드러질강 岡산등성이강 堈밭두둑강 强강할강 彊굳셀강
橿참죽나무강 殭죽어서썩지않을강 剛굳셀강 蜣말똥구리강 綱벼리강 糠겨강
薑생강강 鋼강쇠강 康편안할강 慷강개할강 羌오랑캐강 穅겨강 疆한끝강

狂미칠광 恇겁낼광 眶눈두덩광 洸물하얗게솟을광 胱오줌통광 筐광주리광
匡바를광 鵟부엉이광 光빛광 娘아가씨낭 囊주머니낭 唐당나라당 塘방축당
棠아가위나무당 搪당돌할당 糖엿당 璫귀고리당 當마땅할당 螳사마귀당

膛가슴당 餳엿당 餹엿당 堂번듯할당 溏진흙구렁당 郞사내랑
踉천천히걸을랑 浪물절절흐를랑 狼이리랑 琅낭간옥랑 硠동부딪는소리랑
稂가라지랑 蜋버마재비랑 廊곁채랑 良착할량 涼서늘할량 亮믿당을량

梁대들보량 俍어질량 量헤아릴량 糧양식량 亡없어질망 忘깜짝할망
忙바쁠망 望볼망 芒가스랑이망 茫망망할망 邙북망산망 搒가릴방 幇곁들방
芳꽃다울방 膀오줌통방 磅돌떨어지는소리방 傍붙어갈방 防방비할방

謗헐어말할방 匚상자방 方모방 雱눈퍽퍽쏟아질방 房방방 蒡우엉방
塝땅두둑방 坊막을방 肪기름방 埅막을방 仿배회할방 旁넓을방
滂비퍼부을방 妨해로울방 彭가까울방 彷방황할방 常항상상 商장수상

償보답할상 喪죽을상 嘗맛볼상 裳치마상 殤어려서죽을상 霜서리상 孀과부상
桑뽕나무상 傷상할상 爽밝을상 牀평상상 相서로상 祥복상 箱상자상
觴잔상 翔빙돌아날상 詳자세할상 慯서러울상 卬나앙 央가운데앙 怏배꼽앙

霙흰구름피어올앙 鴦암원앙새앙 昂밝을앙 秧모앙 孃아씨양 峡후미질앙
殃벌내릴앙 崵먼산양 徉노닐양 揚들날릴양 佯거짓양 痒옴양 暘햇발쏘일양
洋큰바다양 煬불쬘양 瘍상처양 羊양양 楊메버들양 陽볕양 躟바삐걸을양

襄오를양 汪물출렁출렁할왕 枉굽을왕 王할아버지왕 薏율무의 長긴장
粧단장할장 將장차장 檣돛대장 腸창자장 嬙궁녀벼슬이름장 偉시아버지장
嫜시부모장 埸갈지않은밭장 張베풀장 漿초장 臟장물잡힐장 牆담장

章큰재목장 場마당장 獐노루장 麞노루장 薔장미꽃장= 蘠. 藏감출장
障막힐장 裝꾸밀장 莊농막장 菖창포창 蒼푸를창 彰나타날창 倉곳집창
鶬왜가리창 昌창성할창 琩귀고리창 創날에다칠창 猖놀랄창 嗆새먹을창

槍나무창창 滄큰바다창 艙선창창 瘡부스럼창 悵갈팡질팡할창 倡가무창
湯물끓일탕 肮목구멍항 嫦항아항 芫부들풀항 杭거루항 航배질할항
行항오항 迒토끼길목항 亢목항 伉강직할항 吭목구멍항 頏오르락내리락할항

鄕시골향 餉먹일향 香향기향 煌환히밝을황 隍해자황 謊잠꼬대할황
鷬꾀꼬리황 徨방황할황 隍해자황 黃누를황 遑급할황 蝗황벌레황
蟥풍뎅이황 荒거칠황 惶두려울황 艎나룻배황 篁대수풀황 潢길바닥물황

穔들보리황 偟어슷거릴황 凰암봉황새황 皇임금황 瑝옥소리황 湟물결빠를황
喤아이울음소리황 媓여자이름황

8. 庚

阬구덩이갱 庚일곱째천간경 鯨고래경 頃요사이경 傾기울어질경 嬛홀아비경
擎떠받들경 瓊붉은옥경 莖줄기경 京서울경 耕밭갈경 卿벼슬경 驚두려울경
鶊꾀꼬리경 更고칠경 輕가벼울경 泫물빨리흐를굉 宏넓을굉 轟울릴굉

耾귀먹을굉 浤바닷물용솟음칠굉 紘클굉 訇물소리울릴굉 令하여금령
盲청맹과니맹 盟맹세할맹 甍대마루맹 虻등에맹 萌풀싹맹 名이름명
明밝을명 鳴울명 兵군사병 搒상앗대방 幷합할병 鼪족제비생

生낳을생 牲희생생 笙생황생 甥생질생 聲소리성 誠미쁠성 盛담을성
成이룰성 城재성 澎물결부딛는형세 鶯꾀꼬리앵 鸚앵무새앵 嚶꾀꼬리소리앵
嫈어린지어미앵 櫻앵두앵 霙눈꽃영 縈얽힐영 嬴아름다울영 瑛옥빛영

迎맞을영 塋무덤영 瑩밝을영 纓노끈영 盈찰영 英꽃부리영 營지을영
濴물돌아나갈영 贏이가남을영 謍속살거릴영 瓔구슬목걸이영 楹기둥영
榮영화영 爭다툴쟁 振찔릴쟁 錚쇳소리쟁그렁거릴쟁 箏쟁쟁 精정신정

貞곧을정 征갈정 旌장목기정 朠달빛영 楨쥐똥나무정 晶맑을정 菁무우정
鉦징정 炡불번쩍거릴정 檉능수버들정 埩밭갈정 正정월정 呈드릴정
盯눈똑바로뜨고볼정 睛눈동자정 禎상서정 程길정 怔가슴두근거릴정

情마음속정 晴맑은날씨청 淸맑을청 蜻귀뚜라미청 閍사당문팽 彭북소리팽
烹삶을팽 伻사람부릴팽 砰여울물소리팽 枰장기판평 平평할평 坪벌판평
評평론할평 抨탄핵할평 鮃가자미평 行다닐행 衡저울형 兄맏형 荊가시형

亨형통할형 泓물깊을홍 横비낄횡 谹골속울릴횡

9. 青

徑지날경 經경영할경 囧창밝을경 扃빗장경 寧편안할녕 蛉고추잠자리령
柃나무혹령 玲쟁그렁거릴령 苓복령령 伶홀로걸을령 聆들을령 呤속삭일령
羚뿔큰양령 翎날개령 囹옥령 鈴방울령 泠서늘할령 靈신령령 溟바다명

銘새길명 瞑눈흐릴명 星별성 惺똑똑할성 腥비릴성 醒술깰성 濴물돌아나갈영
婷아리따울정 亭정자정 停머무를정 庭뜰정 汀물가정 渟물고일정 廷조정정
霆벼락정 釘못정 丁성년정 筳대쪽정 耵귀에지정 青푸를청 廳대청청

菁무성한모양청 聽들을청 萍마름평 熒등불반짝거릴형 型본형 形형상형
刑형벌형 滎실개천형 陘산잘림형 螢개똥벌레형 馨향내멀리날형

10. 蒸

矜자랑할긍 兢조심할긍 殑죽으려할긍 肱팔뚝굉 能능할능 鐙등잔등 燈등잔등
登오를등 藤등덩굴등 縢노끈등 籐등나무등 鵒뜸부기등 謄베낄등 墱자드락등
輘짓밟힐릉 菱마름릉 稜시금치릉 淩달릴릉 睖노려볼릉 棱네모질릉

凌업신여길릉 倰속일릉 崚산언틀먼틀할릉 陵큰언덕릉 綾무늬놓은비단릉
弸그득할붕 鵬붕새붕 崩산문어질붕 朋벗붕 冰어름빙 憑부탁할빙 氷얼음빙
凭업신여길빙 繩노끈승 譝칭찬할승 陞오를승 蠅파리승 丞이을승 乘탈승

承받들승 僧중승 勝맡을승 升오를승 昇해돋을승 增더할증 徵징험징
仍인할잉 凝엉길응 應응당응 膺가슴응 鷹매응 礽복잉 烝김오를증
憎미워할증 黲얼굴에기미낄증 曾일찍증 譄더할증 蒸김오를증 懲징계할징

澄맑을징 癥어혈징 層거듭층 稱일컬을칭 恒항상항 姮항아항 弘클홍 興일홍

11. 尤

九아홉구 仇원수구 句굽을구 毬공구 求구할구 梂도토리받침구 球공구
枸구부러질구 熰몹시뜨거울구 朐굽을구 璆옥소리구 丘언덕구 邱언덕구
拘잡을구 鉤갈고리구 摳더듬을구 漚물거품구 鷗갈매기구 蚯지렁이구

裘갖옷구 艽거친들구 鳩비둘기구 褔머리쓰개구 歐쥐어박을구 甌사발구
屎남자음경구 赳헌걸찰규 虯뿔없는용규 摎묶을규 樛가지늘어질규 獳개성낼누
頭머리두 兜투구두 嘍번거로울루 樓다락루 婁끄을루 瞜애꾸눈루 慺기뻐할루

螻청개구리루 琉유리돌류 瑠유리류 留머무를류 榴석류류 旒면류관술류
瀏손발이얼어곱을류 瘤혹류 流흐를류 鶹꾀꼬리류 硫유황류 劉이길류
瀏바람소리류 鎏면류관드림옥류 眸눈동자모 瞀무식할모 矛세모진창모 侔같을모

牟소가울모 謀꾀모 鴾종달새모 烰찔부 浮뜰부 抔움큼부부 不뜻이정하지않을부
掊헤칠부 涪물거품부 琈옥문채부 垺산위에물있을부 蜉하루살이부 收거둘수
圳밭두덕둘레에있는도랑수 愁근심할수 酬술권할수 溲오줌수 讎원수수 脩길수

羞부끄러울수 囚가둘수 修닦을수 饈드릴수 搜찾을수 牛소우 優넉넉할우

慪삼갈우 憂근심우 肬혹우 瀀윤기많을우 尤더욱우 疣혹우 郵역마우
櫌호밋자루우 耰고무래우 訧허물할우 悠아득할유 斿면류관술유 猶오히려유

呦사슴우는소리유 媃예쁜체할유 幽그윽할유 揉부드럽게할유 攸아득할유
楢부드러운나무유 柔부드러울유 游헤엄칠유 由말미암을유 遊놀유 葇들깨유
油기름유 滺물철철흐를유 猷꾀유 懤근심할주 啁새소리주 洲섬주 周두루주

州고을주 燽밝을주 儔짝주 遒모을주 鵃멧비둘기주 籌셈대주 紬명주주
綢빽빽할주 舟배주 裯홑옷주 楸가래나무추 揂모을추 啾두런거릴추
惆실심할추 搊딱다기칠추 湫소추 篘용수추 酋두목추 鞦그네추 瘳병나을추

崷산길고우뚝할추 萩가래나무추 蝤나무좀추 鰍미꾸라지추 抽뽑을추 秋가을추
投던질투 愉구차할투 偷구차할투 媮간교할투 猴원숭이후 侯영주후 齁코골후
庥그늘질휴 休쉴휴

12. 侵

今이제금 擒사로잡을금 檎능금금 嶔산불끈솟을금 禽새금 芩금풀금 聆소리금
琴거문고금 禁금할금 襟옷섶금 金쇠금 蚙벌레가줄지어갈금
衾이불금= 衿옷깃금 林수풀림 淋번지르르할림 琳아름다운옥림 碄깊을림

霖장마림 痳임질림 棽나무가지무성할림 臨임할림 槮나무밋밋할삼
森나무빽빽들어설삼 蔘인삼삼 心마음심 愖믿을심 諶믿을심 襑옷클심
深으슥할심 潯물가심 煁화덕심 燖데칠심 尋찾을심 吟읊을음 淫음란할음

瘖벙어리음 陰음기음 霪장마음 音소리음 馨소리화할음 崟멧부리음
愔조용할음 任당할임 壬클임 妊아이밸임=姙. 岑멧부리잠 箴경계할잠
簪비녀잠 斟짐작할짐 嵾산이울명줄명할참 簮비녀잠 忱믿을침 浸젖을침

沈잠길침=沉. 琛보배침 砧방칫돌침 葴꽈리침 針바늘침 鈂쇠공이침
鍼바늘침 侵범할침 駸말몰아달릴침 欽공경할흠 歆흠향할흠

13. 覃

甘달감 疳감질병감 堪견딜감 苷감초감 嵁바위너설감 酣술즐길감
憨어리석을감 柑감귤감 歛구걸할감 龕감실감 娚말소리남 男사내남
南남녘남 諵재재거릴남 痰가래담 倓편안할담 擔멜담 聸귀늘어질담

嘾꿀꺽삼킬담 潭연못담 湛즐거울담 蕁마름담 覃깊을담 譚말씀담 談말씀담
蕈물이끼담 曇구름낄담 蟫좀담 儋짐담 爁불번질람 婪탐할람 籃큰등롱람
藍쪽람 嵐아지랑이람 襤옷해질람 三석삼 參셋삼 唵잠꼬대할암 馣향내암

庵초막암 諳깨달을암 菴암자암 簪비뇨잠 蚕지렁이잠 蠶누에잠=蚕.
慙부끄러울참 眈노려볼탐 耽즐겨볼탐 貪욕심낼탐 探더듬을탐 酖술즐길탐
谽골속휑할함 函휩쌀함 含머금을함 涵젖을함

14. 鹽

黔검을검 兼아우를겸 嗛부족히여길겸 謙겸손할겸 鎌낫겸 恬편안할념

拈집을념 鐮낫렴 濂경박할렴 廉맑을렴 簾발렴 匳경대렴 蘞갈렴 蠊풍뎅이렴
孅민첩할섬 孅가늘섬 攕손길고고울섬 譫헛소리할섬 憸간사할섬 殲다할섬

纖가늘섬 爓아궁이섬 蟾두꺼비섬 燖불에익힐심 噞물고기어물거릴엄 孍엄전할엄
嚴엄할엄 巖높을엄 奄문득엄 腌절인고기엄 醃김치엄 閹고자엄 淹담글엄
閻저승염 檐처마기슭염 厭편할염 髯구레나룻염 鹽소금염 塩소금염 炎불꽃염

猒넉넉할염 懕고요할염 熸불꺼질잠 潛잠길잠 涔눈물줄줄흐를잠 霑젖을점
黏붙일점 占점칠점 漸번질점 蘄보리팰점 佔속삭일점 粘붙일점 嚵맛볼참
僉다첨 呫맛볼첨 尖뾰족할첨 幨수레휘장첨 懺표할첨 沾불화할첨 檐추녀첨

櫼문설주첨 瀸건수샘첨 添더할첨 甛달첨 沾젖을첨 瞻우러러볼첨 籤찌붙일첨
襜행주치마첨 覘엿볼첨 詹볼첨 沾절일첨 砭돌침폄 忺하고자할험 嫌싫어할혐

15. 咸

監거느릴감 嵌깊은골감 凡범상할범 帆돛범 杉삼나무삼 衫적삼삼 襂허리띠삼
巖신음할암 嵒바위암 喦바위암 巖바위암 巉산양암 巉산깎아지른듯할참
嶄산봉우리가뾰족한모양참 攙찌를참 欃박달나무참 毚약은토끼참 瀺물소리참

嶄돌서덜참 讒참람할참 劖뚫을참 饞탐할참 轞차소리함 銜직할함 鹹넙치함
鹹짤함 緘꿰맬함 函편지함 咸다함 椷함함

仄聲韻 76韻

上聲(29운)

1. 董

董동 懂동 嵷종 傯총 桶통 動동 攏롱 籠롱 唪봉 倥공 塕옹
峒동 嵸종 懞몽 悾공 愡총 懂동 懵몽 挏동 捅통 摠총 汞홍
洞동 滃옹 澒홍 濛몽 熢봉 琫봉 空공 縱총 總총 胴동 朧롱

蕫동 董동 蓊옹 蓯종 蠓몽 鞛봉 鴻홍

2. 腫

俑용 兇흉 冢총 勇용 埇용 壅옹 壟롱 奉봉 宂용 寵총 尰종
㧐송 廾공 恐공 悀용 悚송 慫종 拲공 拱공 捧봉 擁옹 㩳송
栱공 桶용 氄용 洶흉 涌용 溶용 漎송 甬용 瘇종 砮공 種종

筩용 聳용 腫종 茸용 蛹용 詾흉 踴용 踵종 軵용 鞏공 竦송
龍롱

3. 講

講강 顜강 港항 棒봉 蚌방 項항

4. 紙

仕사 以이 仳비 企기 伎기 你니 似사 佌차 佹궤 使사 侈치
侎미 俚리 俟사 倚의 偫치 儗의 几궤 剞기 厎지 史사 否비
咫지 咪미 咶시 哆치 唯유 呰자 啚비 喜희 址지 坻지 坭니

坻지 垝궤 埤비 璽새 士사 妓기 妣비 姊자 始시 姒사 委위
子자 履리 峙치 峛리 崣위 崺이 己기 已이 巳사 市시 庀비
底지 庤치 庳비 弛이 弭미 彌미 彼피 徙사 恃시 恥치 悝리

抵지 批비 技기 披피 指지 㧪궤 捶추 掎기 揆규 擬의 施시
旨지 是시 暿희 杍자 李리 杞기 枇비 枳지 梓재 棰추 椅의
橤예 止지 此차 死사 毁훼 比비 氏씨 水수 氿궤 汜사 渳미

渼미 滓재 燬훼 爾이 玘기 理리 璽새 疕비 痔치 痞비 矢시
矣의 砥지 秕비 秭자 紀기 紫자 綺기 美미 耔자 耜사 耳이
舐지 芷지 苡이 蕊예 藟류 蘂예 螘의 蟢희 蟻의 袘이 訾자

詭궤 誃치 誄뢰 諀비 諟시 譭훼 豕시 起기 趾지 跂기 跪궤
跬규 跱치 跽기 躧사 軌궤 迆이 迤이 邇이 鄙비 酏이 里리

錘추 阯지 陊치 靡미 紫자 餌이 髀비 髓수 鯉리 麂궤 齒치
觭기

5. 尾

尾미 亹미 卉훼 鬼귀 葦위 韙위 煒위 瑋위 螘의 卉훼 虺훼
幾기 亹미 豨희 斐비 榧비 蟣기 豈개 晞희

6. 語

語어 予여 且저 侶려 咀저 圄어 圉어 齬어 禦어 呂여 侶려
旅려 膂려 紵저 苧저 貯저 佇저 予여 抒서 杼저 與여 嶼서
渚저 楮저 褚저 煮자 汝여 茹여 暑서 黍서 杵저 處처 醑서

女녀 許허 巨거 距거 炬거 鉅거 秬거 詎거 所소 楚초 礎초
俎조 阻조 沮저 擧거 筥거 莒거 敘서 漵서 序서 緖서 墅서

7. 麌

麌우 雨우 羽우 禹우 宇우 舞무 父부 府부 俯부 腑부 鼓고
虎호 古고 估고 詁고 牯고 股고 賈고 蠱고 土토 吐토 譜보
圃포 庾유 戶호 樹수 麈주 煦후 怙호 琥호 嘍루 鹵로 滷로

怒노 罟고 肚두 膴무 嫵무 扈호 滬호 齲우 輔보 祖조 組조

乳유 努노 補보 魯노 櫓노 艣노 堵도 覩도 豎수 腐부 數수
簿부 普보 姥모 拊부 侮모 五오 伍오 廡무 斧부 聚취 午오
縷루 部부 株주 矩구 武무 甫보 脯포 苦고 撫무 浦포 主주
炷주 拄주 杜두 隖오 愈유 雇고 祜호 虜로 滸호 怒노 栩허
傴구

8. 薺

薺제 禮례 體체 啓계 米미 灃풍 醴예 陛폐 洗세 邸저 底저
詆저 抵저 牴저 柢저 弟제 悌제 涕체 遞체 濟제 蠡려 禰니
傒혜 醍제 緹제

9. 蟹

蟹해 解해 駭해 買매 灑쇄 楷해 獬해 澥해 騃애 鍇개 擺파
枴괘 矮왜

10. 賄

賄회 悔회 改개 采채 彩채 綵채 海해 在재 罪죄 宰재 餧위
醢해 載재 鎧개 愷개 待대 怠태 殆태 倍배 猥외 隗외 蕾뢰
儡뢰 紿태 欸애 塏개 每매 亥해 乃내

11. 軫

軫진 敏민 允윤 引인 蚓인 尹윤 盡진 忍인 準준 隼준 筍순
盾순 楯순 閔민 憫민 泯민 囷균 菌균 畛진 哂신 腎신 牝빈
臏빈 賬장 蜃신 隕운 殞운 蠢준 緊긴 狁윤 愍민 吮연 眹짐
稹진

12. 吻

吻문 粉분 藴온 憤분 隱은 近근 忿분 槿근 墳분 巹근 听은
齔츤 抆문

13. 阮

阮원 遠원 本본 晩만 苑원 返반 反반 飯반 阪판 損손 偃언
堰언 衮곤 遁둔 遯둔 穩온 蹇건 巘헌 楗건 婉완 蜿완 琬완
閫곤 悃곤 捆곤 壺호 鯀곤 撙준 很흔 懇간

墾간 畚분 圈권 綣권 棍곤 混혼 沌돈 娩만 烜훤 焜혼

14. 旱

旱한 煖난 管관 琯관 滿만 短단 館관 緩완 盥관 盌완 欸애
嬾란 散산 繖산 傘산 卵란 伴반 誕탄 罕한 澣한 瓚찬 斷단

侃간 算산 暵한 但단 坦탄 袒단 蜒연 悍한 稈간 亶단 窾관
纂찬 趲찬

15. 潸

潸산 眼안 簡간 版판 琖잔 産산 限한 撰찬 棧잔 綰관 赧난
剗잔 僝잔 柬간

16. 銑

銑선 善선 遣견 淺천 典전 轉전 衍연 犬견 選선 免면 勉면
輦연 冕면 展전 辯변 辨변 箋전 翦전 卷권 顯현 餞전 踐천
眄면 喘천 蘚선 輭연 蹇건 謇건 演연 峴현 棧잔 舛천 扁편
臠련 孌련 兗연 跣선 腆전 鮮선 件건 璉련 泫현 單단 畎견
褊편 惼편 殄진 緬면 湎면 鍵건 狷견 燹선

17. 篠

篠소 小소 表표 鳥조 了료 曉효 少소 擾요 繞요 嬈요 遶요
紹소 杪초 秒초 沼소 眇묘 渺묘 矯교 蓼요 皎교 皦교 繚료
燎료 杳묘 窅요 窈요 窕조 嫋요 裊뇨 挑도 掉도 肇조 湫추
旐조 標표 慓표 摽표 縹표 撟교 殍표 悄초 愀초 兆조 燎료

嬌교

18. 巧

巧교 飽포 卯묘 泖묘 昴묘 爪조 鮑포 撓요 攪교 狡교 絞교
姣교 拗요 炒초

19. 皓

皓호 寶보 藻조 早조 棗조 老로 好호 道도 稻도 造조 腦뇌
惱뇌 島도 倒도 禱도 擣도 抱포 討토 考고 燥조 掃소 嫂수
槁고 縞호 潦료 保보 葆보 堡보 褓보 鴇보 槀고 草초 皞호

昊호 浩호 顥호 灝호 鎬호 皁조 襖오 燠오 蚤조 澡조 栲고
媼온

20. 哿

哿가 火화 舸가 瑳차 柁타 拕타 沱타 我아 娜나 可가 叵파
坷가 軻가 左좌 果과 裹과 朵타 垜타 鎖쇄 瑣쇄 璅소 墮타
惰타 妥타 坐좌 麼마 裸라 蠃라 跛파 簸파 頗파 禍화 夥과

顆과

21. 馬

馬마 下하 者자 野야 雅아 瓦와 寡과 社사 寫사 瀉사 夏하
厦하 冶야 也야 把파 賈가 假가 捨사 赭자 斝가 蝦하 惹야
若야 姐저 啞아 灺사 且차 灑쇄

22. 養

養양 瀁양 痒양 鞅앙 怏앙 泱앙 象상 像상 橡상 仰앙 朗랑
獎장 槳장 氅창 廠창 昶창 枉왕 顙상 强강 穰양 沆항 盪탕
蕩탕 昉방 放방 仿방 倣방 兩양 帑탕 黨당 讜당 儻당 曩낭

丈장 杖장 仗장 響향 嚮향 掌장 想상 榜방 爽상 廣광 享향
晃황 滉황 幌황 莽망 漭망 蟒망 繈강 襁강 紡방 蔣장 攘양
盎앙 長장 髒장 上상 綱강 罔망 輞망 壤양 賞상 往왕 怳황
慷강

23. 梗

梗경 影영 景경 井정 領령 嶺령 境경 警경 請청 屛병 餠병
永영 騁빙 頃경 整정 靜정 省성 幸행 眚생 頸경 郢영 猛맹
丙병 炳병 癭영 杏행 打타 鯁경 哽경 綆경 秉병 耿경 打타

憬경 荇행 倂병 皿명 靚정 艋맹 蜢맹 冷냉 靖정

24. 逈

逈형 炯형 茗명 挺정 艇정 梃정 町정 酊정 醒성 溟명 剄경
竝병 等등 鼎정 頂정 詗형 婞행 脛경 肯긍 拯증 酩명

25. 有

有유 酒주 首수 手수 口구 後후 柳류 友우 婦부 斗두 狗구
久구 負부 厚후 叟수 走주 守수 綬수 右우 否부 醜추 受수
牖유 偶우 耦우 阜부 九구 后후 咎구 藪수 吼후 帚추 垢구

畝무 狃뉴 紐뉴 鈕뉴 舅구 藕우 朽후 臼구 肘주 韭구 剖부
缶부 酉유 扣구 瓿부 黝유 耈구 莠유 丑추 苟구 糗구 某모
玖구 拇무 紂주 糾규 忸뉴 虯규 赳규 陡두 毆구

26. 寢

寢침 飮음 錦금 品품 枕침 甚심 審심 廩름 衽임 稔임 稟품
葚심 沈침 凜름 懍름 噤금 瀋심 諗심 荏임 嬸심

27. 感

感감 覽람 擥람 欖람 膽담 澹담 啖담 坎감 慘참 敢감 頷함

闇암 萏담 撼감 毯담 槧참 晻암 菡함 喊함 揜암 橄감 嵌감 欿감

28. 儉

儉검 餤염 琰염 瀲염 歛감 險험 檢검 瞼검 染염 奄엄 掩엄 簞단 點점 貶폄 冉염 苒염 陜협 謟첨 漸점 玷점 忝첨 剡섬 颭점 芡검 閃섬 歉겸 慊겸 儼엄

29. 豏

豏함 欖람 範범 減감 艦함 犯범 湛담 斬참 黯암 范범 喊함 濫람 巉참

去聲(30韻)

1. 送

送송 夢몽 鳳봉 洞동 衆중 甕옹 弄롱 貢공 涷동 痛통 棟동
仲중 中중 糉종 諷풍 慟통 空공 控공 哢롱 恫동 哄홍 閧홍

2. 宋

宋송 重중 用용 頌송 誦송 統통 縱종 訟송 種종 綜종 俸봉
共공 供공 從종 縫봉 葑봉 雍옹

3. 絳

絳강 降강 巷항 撞당 淙종

4. 寘

寘치 置치 事사 地지 意의 志지 治치 思사 淚루 吏리 賜사
字자 義의 利리 器기 位위 戲희 至지 次차 累루 僞위 寺사
侍시 瑞서 智지 記기 異이 致치 備비 肆사 翠취 騎기 使사

試시 類류 棄기 餌이 鼻비 易이 轡비 墜추 醉취 議의 翅시

避피 笥사 幟치 粹수 誼의 帥수 廁치 寄기 睡수 忌기 貳이
萃췌 穗수 二이 帔피 臂비 嗣사 吹취 遂수 恣자 四사 驥기

季계 刺자 駟사 泗사 識지 痣지 誌지 寐매 魅매 邃수 燧수
隧수 顇췌 謚시 熾치 飼사 食사 被피 芰기 懿의 悸계 覬기
冀기 暨기 媿괴 匱궤 饋궤 恚에 比비 庇비 畀비 閟비 泌비

祕비 鷙지 贄지 觶치 躓지 漬지 遲지 祟수 珥이 示시 伺사
嗜기 自자 詈리 荔례 莅리 緻치 輊지 譬비 彗혜 惴췌 懟대
縊의 啻시 企기 爲위 膩이 施시 遺유 縋추 摯지

5. 未

未미 味미 氣기 貴귀 費비 沸비 尉위 慰위 蔚위 畏외 魏위
緯위 胃위 渭위 諱휘 彙휘 卉훼 毅의 漑개 旣기 翡비 餼희

6. 御

御어 處처 去거 慮려 與여 譽예 署서 據거 馭어 曙서 助조
絮서 著저 翥저 箸저 豫예 恕서 遽거 庶서 疏소 詛저 預예
倨거 茹여 語어 踞거 鋸거 沮저 洳여 淤어 瘀어 鐻거 歟여
詎거

7. 遇

遇우 路로 潞로 璐로 露로 鷺로 輅로 賂뢰 樹수 澍주 度도
渡도 賦부 布포 步보 固고 痼고 錮고 素소 具구 數수 怒노
霧무 婺무 霧무 附부 兎토 故고 雇고 顧고 句구 墓묘 慕모

募모 注주 註주 住주 駐주 炷주 胙조 祚조 阼조 裕유 誤오
悟오 晤오 寤오 戍수 庫고 護호 屨구 訴소 蠹두 妒투 懼구
趣취 娶취 鑄주 胯과 綺고 傅부 付부 諭유 嫗구 捕포 哺포

芋우 汙오 厝조 措조 錯조 醋초 鮒부 祔부 仆부 赴부 賻부
酺포 惡오 互호 孺유 怖포 煦후 寓우 沍호 酤고 瓠호 吐토
鋪포 泝소 屢루 塑소 訃부

8. 霽

霽제 濟제 制제 製제 計계 勢세 世세 麗려 歲세 衛위 第제
藝예 慧혜 幣폐 砌체 滯체 際제 厲려 涕체 睇제 契계 敝폐
幣폐 弊폐 斃폐 蔽폐 帝제 蒂체 髻계 銳예 戾려 裔예 袂메

繫계 祭제 隷예 閉폐 逝서 綴체 翳예 細세 桂계 稅세 壻서
例례 誓서 筮서 蕙혜 偈게 詣예 礪려 勵려 瘞예 噬서 繼계
諦체 系계 叡예 曳예 憩게 睨예 沴려 禘체 薊계 擠제 眥자

禊계 嬖폐 棣체 說세 泥니 蜕세 唳려 薙치 澨서 薜폐 羿예
謎미

9. 泰

泰태 帶대 外외 蓋개 大대 沛패 霈패 賴뢰 瀨뢰 籟뢰 蔡채
害해 會회 繪회 最최 具구 靄애 藹애 艾애 兌태 柰내 檜회
澮회 獪회 薈회 磕개 太태 汰태 癩라 蛻태 狽패

10. 卦

卦괘 挂괘 懈해 隘애 賣매 瘥차 派파 債채 怪괴 壞괴 戒계
介개 芥개 界계 疥개 械계 拜배 湃배 薤해 快쾌 邁매 話화
敗패 曬쇄 稗패 瘵채 届계 憊비 殺쇄 鎩쇄 噲쾌 蠆채 解해

唄패 喟위 寨채

11. 隊

隊대 內내 塞새 愛애 曖애 輩배 佩패 代대 岱대 貸대 退퇴
載재 碎쇄 態태 穢예 菜채 對대 廢폐 晦회 昧매 妹매 礙애
戴대 配배 喙훼 潰궤 憒궤 賚뢰 吠폐 肺폐 逮체 埭태 槪개

漑개 慨개 嘅개 愾개 耒뢰 塊괴 繢궤 乂예 刈예 碓대 賽새
耐내 悖패 誖패 睟수 淬쉬 磑애 焙배 在재 再재 欬해 痗매
靉애 徠래 睞래 采채 襶대 北배 悔회

12. 震

震진 信신 印인 進진 潤윤 陳진 鎭진 振진 刃인 仞인 軔인
順순 愼신 擯빈 晉진 搢진 駿준 峻준 晙준 餕준 閏윤 舜순
吝린 燼신 訊신 汛신 瞬순 櫬친 襯친 僅근 墐근 饉근 殣근
覲근 濬준 藺린 躪린 徇순 殉순 璡진 賑진 瑾근 趁진 齔츤
韌인

13. 問

問문 聞문 運운 暈운 韻운 訓훈 糞분 奮분 忿분 分분 醞온
慍온 縕온 郡군 紊문 抆문 僨분 靳근 近근 斤근 拚변

14. 願

願원 愿원 怨원 券권 勸권 恨한 論론 萬만 販판 飯반 曼만
蔓만 寸촌 巽손 困곤 頓돈 遁둔 遯둔 建건 健건 憲헌 獻헌
鈍둔 悶민 嫩눈 遜손 遠원 褪퇴 畹원 圈권

15. 翰

翰한 岸안 漢한 斷단 亂란 幹간 榦간 灌관 觀관 冠관 歎탄
難난 散산 旦단 算산 半반 畔반 貫관 按안 案안 汗한 閈한
炭탄 贊찬 讚찬 漫만 幔만 縵만 玩완 爨찬 竄찬 攛찬 粲찬

璨찬 燦찬 爛란 喚환 煥환 渙환 換환 悍한 扞한 彈탄 憚탄
段단 看간 判판 叛반 絆반 惋완 旰간 讕란 泮반 漶환 墁만
館관

16. 諫

諫간 雁안 贗안 澗간 閒한 患환 慢만 盼반 辨변 豢환 晏안
鴳안 棧잔 慣관 串관 莧한 綻탄 幻환 訕산 丱관 綰관 縵만
瓣판 疝산 篡찬

17. 霰

霰산 殿전 面면 縣현 變변 箭전 戰전 扇선 煽선 善선 膳선
繕선 鄯선 傳전 見견 現현 硯연 選선 院원 練연 鍊련 燕연
醼연 讌연 嚥연 宴연 眷환 賤천 電전 薦천 睊견 狷견 絹견

眷권 彥언 絢현 掾연 佃전 甸전 鈿전 便편 麪면 線선 倦권
羨선 堰언 奠전 徧편 戀련 轉전 囀전 釧천 眩현 倩천 蒨천

卞변 汴변 忭변 弁변 拚변 片편 禪선 譴견 諺언 緣연 顫전

擅천 援원 媛원 瑗원 淀정 澱전 旋선 唁언 穿천 茜천 楝련
揀련 先선 衒현 炫현 眩현 遣견 繾견

18. 嘯

嘯소 笑소 照조 詔조 召소 邵소 劭소 廟묘 妙묘 竅규 要요
曜요 耀요 調조 釣조 弔조 叫규 燎료 嶠교 少소 徼요 眺조
眺조 誚초 哨초 料료 尿뇨 剽표 掉도 鷂요 噭교 燒소 漂표
醮초 驃표 蔦조 摽표

19. 效

效효 敎교 校교 較교 孝효 貌모 橈요 淖뇨 覺교 豹표 踔초
窖교 鈔초

20. 號

號호 冒모 帽모 報보 導도 盜도 操조 躁조 譟조 噪조 竈조
奧오 澳오 隩오 燠오 告고 誥고 暴포 好호 到도 倒도 蹈도
勞로 傲오 耄모 澇로 造조 悼도 鰲오 縞호 掃소 瀑포 靠고
糙조

21. 箇

箇개 个개 個개 坷가 軻가 賀하 左좌 佐좌 作자 大대 餓아
那나 些사 過과 和화 挫좌 剉좌 課과 唾타 播파 簸파 磨마
左좌 座좌 破파 臥와 貨화 嗟차 惰타 銼좌

22. 禡

禡마 駕가 夜야 下하 謝사 榭사 罷파 夏하 暇가 霸패 灞파
嫁가 稼가 赦사 借차 藉자 炙자 蔗자 假가 化화 舍사 價가
射사 罵매 架가 亞아 娅아 罅하 跨과 麝사 咤타 訝아 詫타
迓아 蜡사 杷파 貰세 瀉사 杷파 乍사

23. 漾

漾양 樣양 養양 上상 望망 相상 將장 醬장 狀상 帳장 悵창
浪랑 唱창 讓양 釀양 曠광 壯장 放방 向향 餉향 杖장 暢창
量량 匠장 障장 滂방 尚상 漲창 訪방 舫방 貺황 嶂장 瘴장

亢항 抗항 吭항 炕항 當당 臟장 況황 王왕 纊광 鬯창 諒량
亮량 妄망 創창 愴창 刱창 喪상 兩량 傍방 碭탕 恙양 颺양
閬랑 旺왕 償상

24. 敬

敬경 命명 正정 政정 令령 性성 鏡경 盛성 行행 聖성 詠영
姓성 慶경 映영 病병 柄병 鄭정 勁경 競경 淨정 竟경 獍경
孟맹 迸병 聘빙 穽정 諍쟁 泳영 請청 倩청 硬경 檠경 更경
敻형 倂병 儆경 偵정

25. 徑

徑경 定정 聽청 勝승 磬경 罄경 應응 乘승 媵잉 贈증 佞녕
稱칭 鄧등 甑증 敬경 脛경 瑩형 證증 孕잉 興흥 經경 醒성
錠정 瞑명 剩잉 凭빙 凝응 磴등 鐙등 凳등 亘긍 飣정

26. 宥

宥유 候후 堠후 就취 售수 授수 壽수 繡수 宿수 奏주 富부
獸수 漏루 鬪투 陋루 守수 狩수 晝주 寇구 茂무 懋무 舊구
胄주 袖수 岫수 柚유 復부 覆부 救구 廏구 臭취 幼유 右우

佑우 侑유 祐우 囿유 豆두 逗두 竇두 溜류 冓구 構구 遘구
媾구 覯구 購구 透투 瘦수 漱수 鏤루 貿무 走주 詬후 究구
湊주 謬류 繆무 疚구 炙자 畜추 耨누 柩구 驟취 繇요 甃추

首수 皺추 縐추 袤무 瞀무 咮주 姤구 又우 後후 后후 厚후

27. 沁

沁심 飮음 禁금 任임 蔭음 讖참 浸침 譖참 鴆짐 枕침 衽임 賃임 滲삼 椹심 甚심

28. 勘

勘감 暗암 濫람 啗담 擔담 憾감 纜람 瞰감 紺감 暫잠 磡감 澹담

29. 豔

豔염 劍검 念념 驗험 瞻첨 塹참 店점 占점 歛감 厭염 灩염 瀲렴 槧참 欠흠 槧참 窆폄 僭참 坫점 砭폄 殮렴 兼겸 俺엄 忝첨

30. 陷

陷함 監감 鑑감 汎범 梵범 帆범 懺참 賺잠 蘸잠 劍검 淹엄 站참

入聲 (17韻)

1. 屋

屋옥 木목 竹죽 目목 服복 鵩복 福복 幅폭 蝠복 輻복 祿록
碌록 穀곡 熟숙 孰숙 谷곡 肉육 族족 鹿록 轆록 腹복 菊국
陸륙 軸축 舳축 逐축 牧목 伏복 洑복 宿숙 蓿숙 讀독 犢독

櫝독 黷독 轂곡 復복 覆복 複복 粥죽 肅숙 育육 縮축 哭곡
斛곡 戮륙 蓄축 畜축 叔숙 淑숙 菽숙 獨독 卜복 沐목 馥복
速속 祝축 鏃족 簇족 麓록 蹙축 竹죽 竺축 筑축 築축 穆목

睦목 啄탁 鶩목 禿독 扑복 衄뉵 鬻죽 澳욱 燠욱 隩욱 暴폭
瀑폭 漉록 蔌속 僕복 濮복 樸복 朴박 匊국 椈국 鞠국 鞫국
麴국 郁욱 矗촉 蹴축 夙숙 餗속 匐복 觫속 勠륙

2. 沃

沃옥 俗속 玉옥 足족 曲곡 粟속 燭촉 屬속 綠록 錄록 籙록
辱욕 獄옥 毒독 局국 欲욕 束속 告곡 鵠곡 酷혹 蜀촉 促촉
觸촉 續속 浴욕 褥욕 縟욕 矚촉 旭욱 蓐욕 辱욕 梏곡 篤독

纛독 督독 贖속 勗욱

3. 覺

覺각 角각 桷각 埆각 榷각 嶽악 樂악 捉착 朔삭 數삭 斮착
卓탁 踔탁 琢탁 涿탁 倬탁 剝박 駁박 駮박 雹박 撲박 樸박
璞박 殼각 慤각 確확 濁탁 幄악 喔악 握악 渥악 犖락

4. 質

質질 日일 筆필 出출 黜출 室실 實실 疾질 嫉질 術술 一일
乙을 壹일 吉길 詰힐 秩질 密밀 蜜밀 率률 律률 逸일 帙질
佚일 軼질 抶질 泆일 失실 漆칠

膝슬 栗율 慄율 篥률 畢필 蹕필 恤휼 卹휼 橘귤 溢일 瑟슬
匹필 述술 七칠 叱질 卒졸 蝨슬 悉실 戌술 朮출 櫛즐 暱닐
窒질 必필 姪질 鎰일 秫출 帥솔 桎질 汩골

5. 物

物물 佛불 拂불 屈굴 鬱울 訖흘 迄흘 吃흘 乞걸 掘굴 崛굴
紱불 弗불 茀불 髴불 勿물 詘굴 熨울 欻훌 不불 屹흘 倔굴
黻불

6. 月

月월 骨골 滑골 闕궐 越월 鉞월 樾월 謁알 沒몰 歿몰 伐벌
閥벌 罰벌 卒졸 竭갈 碣갈 窟굴 笏홀 歇헐 蠍헐 發발 髮발
突돌 忽홀 惚홀 襪말 勃발 厥궐 蹶궐 蕨궐 鶻골 訥눌 悖발

兀올 杌올 紇흘 矻굴 猝졸 捽졸 齕흘 核홀 曰왈 刖월

7. 曷

曷갈 喝갈 葛갈 褐갈 暍갈 渴갈 遏알 達달 撻달 末말 沫말
闊활 活활 鉢발 脫탈 奪탈 割할 拔발 跋발 魃발 鈸발 撻달
闥달 撥발 潑발 豁활 刮괄 聒괄 抹말 秣말 薩살 掇철 獺달

撮촬 怛달 剌랄 閼알 袜말

8. 黠

黠할 札찰 猾활 鶻골 拔발 八팔 察찰 殺살 刹찰 軋알 刖왈
劼할 戛알 嘎알 揠알 茁줄 獺달 刮괄 刷쇄

9. 屑

屑설 節절 雪설 絶절 結결 穴혈 悅열 閱열 說설 血혈 舌설

挈설 潔결 別별 莂별 缺결 裂렬 熱열 抉결 決결 訣결 鴂결
鐵철 滅멸 折절 哲철 拙졸 切절 澈철 轍철 徹철 撤철 咽열

噎열 傑걸 設설 鼈별 齧설 劣열 碣갈 挈설 譎휼 玦결 鴂결
竊절 綴철 訐알 餮철 瞥별 撇별 蹩별 臬얼 闑얼 媟설 昳질
列렬 冽렬 洌렬 瓞질 絰질 蠛멸 竭갈 擷힐 跌질 浙절 垤질

凸철 薛설 紲설 渫설 桀걸 輟철 爇설 迭질 歠철 姪질 惙철
拮결 絜결

10. 藥

藥약 薄박 惡악 略략 作작 樂락 洛락 落락 閣각 鶴학 爵작
爝작 弱약 約약 雀작 鵠곡 幕막 壑학 索색 郭곽 鞹곽 博박
錯착 躍약 若약 縛박 酌작 託탁 拓척 削삭 鐸탁 躍약 勺작

杓작 灼작 鑿착 卻각 烙낙 絡락 駱락 度탁 諾낙 鄂악 萼악
諤악 鶚악 橐탁 漠막 鑰약 籥약 著착 虐학 箬약 掠략 穫확
鑊확 蠖확 搏박 鍔악 霍곽 藿곽 嚼작 謔학 廓곽 綽작 鑠삭

爍삭 蘀탁 籜탁 恪각 貉맥 箔박 攫확 涸학 芍작 彴박 瘧학
爚약 粕백 格격 昨작 柝탁 酢작 斫작 摸막 堊악 鑿착 噱갹
瘼막 矍확 各각

11. 陌

陌맥 石석 客객 白백 澤택 百백 佰백 迹적 宅택 席석 策책
碧벽 籍적 格격 役역 帛백 戟극 壁벽 驛역 額액 柏백 魄백
積적 夕석 脈맥 液액 冊책 尺척 隙극 逆역 畫획 闢벽 赤적

易역 革혁 脊척 獲획 翮핵 屐극 適적 幘책 劇극 戹액 磧적
隔격 益익 柵책 窄착 核핵 覈핵 舃석 擲척 責책 惜석 辟벽
癖벽 掖액 腋액 釋석 拍박 舶박 擇택 鑠삭 軛액 摘적 射역

繹역 懌역 斥척 奕혁 迫박 疫역 譯역 昔석 瘠척 蹐척 赫혁
炙적 謫적 虢괵 腊석 簀책 賾색 碩석 螫석 藉적 翟책 穸석
襞벽 亦역 癖벽 擘벽 骼격 隻척 鯽즉 珀박 膈격 嘖책 搤액
擲척 蜴척 埸역 幗귁 摑귁 嶧역 蓆석 貊맥 檗벽 汐석 摭척
咋책 嚇혁 躄벽 刺척

12. 錫

錫석 壁벽 歷력 曆력 櫪력 擊격 績적 勣적 笛적 敵적 摘적
鏑적 嫡적 適적 檄격 激격 寂적 翟책 覿적 逖적 糴적 析석
晳석 淅석 溺익 狄적 荻적 冪멱 鷁익 戚척 慼척 滌척 的적

喫끽 甓벽 霹벽 靂력 瀝력 惕척 剔척 裼석 踢척 礫력 櫟력
轢력 鬩혁 迪적 覡격

13. 職

職직 國국 得득 德덕 食식 蝕식 色색 力력 翼익 墨묵 極극
息식 北북 黑흑 飾식 賊적 刻각 則즉 側측 塞색 式식 軾식
域역 殖식 植식 勅칙 飾식 棘극 惑혹 默묵 織직 匿닉 億억

憶억 臆억 特특 勒륵 劾핵 慝특 仄측 昃측 稷직 識식 逼벽
克극 剋극 卽즉 喞즉 弋익 陟척 測측 惻측 翊익 泐륵 肋륵
殛극 忒특 閾역 湢벽 愎퍅

14. 緝

緝집 輯집 戢집 揖읍 楫즙 葺즙 立립 集집 色색 邑읍 入입
泣읍 溼습 習습 給급 十십 拾습 襲습 及급 急급 岌급 汲급
級급 笈급 吸흡 澀삽 粒립 汁즙 蟄칩 笠립 執집 隰습 唈읍
縶집 翕흡 歙흡 挹읍 廿입

15. 合

合합 答답 嗒탑 塔탑 榻탑 納납 匝잡 雜잡 臘랍 蠟랍 蛤합
閤합 闔합 衲납 沓답 盍합 榼합 颯삽 搨탑 搭탑 拉랍 靸삽

16. 葉

葉엽 帖첩 貼첩 妾첩 接접 蝶접 牒첩 諜첩 堞첩 喋첩 屧섭
獵렵 疊첩 捷첩 睫첩 篋협 頰협 攝섭 躡섭 懾섭 協협 挾협
俠협 莢협 鋏협 浹협 笈급 燮섭 捻념 婕첩 苶녑

17. 洽

洽흡 夾협 狹협 峽협 硤협 筴협 法법 甲갑 胛갑 匣갑 呷합
柙합 業업 鄴업 壓압 乏핍 怯겁 劫겁 脅협 插삽 鍤삽 歃삽
牐삽 押압 狎압 裌겹 袷협 掐겹

疊字語小辭典

一一'일일 하나하나. 한 사람 한사람. 각자.

丁丁.정정 바둑을 두는 소리. 도끼로 나무를 찍는 소리.

七七'칠칠 사람이 죽은 지 사십구일 째. 中陰.

丈丈'장장 尊長을 일컫는 말.

世世'세세 代代.

丞丞.'승승 나아가는 모양.

丸丸.환환 나무가 곧은 모양.

乙乙'을을 좋은 생각이 떠오르지 아니하여 안타까워하는 모양.

乾乾.건건 놀지 않고 부지런한 모양. 멈추지 않고 계속 나아가는 모양.

了了'료료 어진 모양. 명확한 모양. 드디어. 마침내.

事事'사사 모든 일. 일마다.

于于.우우 만족스러운 모양. **풋잠 자는 모양**. 잡다한 모양. 가는 모양

云云.운운 글이나 말을 인용, 또는 생략할 때 이러이러함의 뜻으로 씀. 여러 가지의 말. 말이 많은 모양. 盛旺하는 모양. **구름이 뭉게뭉게 이는 모양**.

井井'정정 질서나 조리가 정연한 모양. 왕래가 빈번한 모양.

些些.사사 些少. 작고 적음. **하찮음**.

交交.교교 **새가 이리저리 날아다니는 모양**.

亭亭.정정 나무가 곧게 서있는 모양. **멀리 까마득한 모양**. 고독한 모양. 아름다운 모양.

亶亶'단단 평평한 모양. 大道亶亶. 坦坦.

人人. 인인 사람마다. 사람 사람.

仇仇. 구구 남을 비방하는 모양. 거만한 모양.

介介' 개개 외돌아져서 시속에 알맞지 않는 모양.

仍仍. 잉잉 많음. 뜻을 이루지 못함.

他他.' 타타 금수가 많이 죽어서 넘어져 있는 모양.

仡仡' 흘흘 용감하고 장한 모양. 높고 큰 모양.

代代' 대대 거듭된 세대. 世世.

件件' 건건 가지가지. 條條. 物物.

伊伊. 이이 **벌레 우는 소리**.

伎伎. 기기 **느릿느릿 걷는 모.양**

休休. 휴휴 **상냥함**. 마음이 너그러움. 아름답고 큰 모양. 검소한 모양.

佔佔. 점점 귓속말로 소곤소곤 이야기 하는 모양. **옷자락이 살랑살랑 움직이는 모양**.

佳佳. 가가 **극히 좋음**. 上等.

佹佹' 궤궤 거의 된 모양. 꽤 비슷한 모양.

佻佻' 조조 혼자 가는 모양. 걷기에 지친 모양.

侁侁. 신신 떼 지은 모양. 侁侁征夫.

侃侃' 간간 강직한 모양 굳셈.

侈侈' 치치 **풍성하고 많은 모양**.

侏侏. 주주 어려서 아무것도 모름.

依依. 의의 **나뭇가지가 휘늘어진 모양**. 헤어지기 섭섭한 모양. 안타까이 사모하는 모양. 마음이 설레는 모양

俁俁'우우 얼굴이 큰 모양.

促促'촉촉 짧은 모양. 마음에 여유가 없는 모양. 열심히 일하는 모양.

俇俇'광광 허둥지둥하는 모양.

俔俔'현현 두려워하는 모양.

俟俟'사사 무리가 서행하는 모양.

信信'신신 나흘 동안의 유숙.

倀倀.창창 이끌어주는 사람을 잃고 중도에서 헤매는 모양. 갈 곳을 몰라 헤매는 모양.

個個'개개 낱낱.

倡倡.창창 **빛깔이 화려한 모양**.

倢倢.첩첩 욕설.

倨倨'거거 누워서 아무런 생각이 없는 모양.

倪倪.예예 어리고 약소한 모양.

偏偏.편편 펄럭이는 모양.

偕偕.해해 **굳세고 씩씩한 모양**.

停停.정정 아직 發動하지 않고 靜止해 있는 모양.

側側'측측 슬퍼하는 모양. 마음 속 깊이 느끼는 모양.

傍傍.'방방 그만두거나 피할 수 없는 모양.

傛傛.용용 질병으로 편안하지 못한 모양. 사물에 잘 익숙해진 모양.

傞傞.사사 취해서 춤추는 모양. 도를 지나쳐 춤을 계속 추는 모양.

僅僅'근근 겨우.

僊僊.선선 **춤추는 모양**. 일어났다 앉았다 하는 모양.

僕僕'복복 번거로운 모양. **귀찮은 모양**.

僬僬.'초초 달음질 하여 헐떡이는 모양. 明察한 모양.

僮僮.동동 조심하는 모양.

儀儀.의의 의용을 갖추어 몸가짐이 바른 모양. 또 그 행동.

儒儒.유유 果斷性이 없이 주저하는 모양.

儗儗'의의 **식물이 무성한 모양**. 길을 잘못 든 모양.

儡儡'뢰뢰 실패해서 위험한 모양. 피로해서 지친 모양.

儢儢'려려 마음이 내키지 않은 모양. 마음에 하기 싫은 모양. 힘쓰지 않는 모양.=㩭㩭

優優.우우 너그럽고 부드러움. 너그러운 모양.

兀兀'올올 마음을 한 곳으로 써서 동요하지 않는 모양. **산이나 바위 등이 우뚝 선 모양**. 흔들리어 위태로운 모양.

元元.원원 根本. 根源. 人民, 百姓, 蒼生. 元元本本.

充充.충충 법도를 잃은 모양. 근심이 있는 모양.

兇兇.흉흉 두려워 소동하는 모양. 또는 그 소리.

兪兪.'유유 너그럽고 화열한 모양. 용모가 온화하고 공손한 모양.

冉冉'염염 가는 모양. 나아가는 모양. **부드러워 늘어지는 모양**. 연약한 모양. 세월이 흐르는 모양. 움직이는 모양.

冏冏.경경 **빛이 빛나는 모양**.

冘冘.유유 천천히 걷는 모양.

冥冥.명명 **드러나지 않고 으슥함**.

冬冬.동동 **문을 두드리는 소리.**

冷冷'냉랭 서늘한 상태. 音韻이 있는 상태. 선뜻하고 차가운 상태.

冽冽'열렬 **추위가 혹독한 모양.**

凄凄.처처 **쓸쓸하고 가련한 모양.** 슬퍼하며 원망하는 모습.

凜凜'늠름 추위가 매우 심함. 위엄이 있는 모양. 장렬한 모양. 용기가 왕성한 모양. 두려워 삼가는 모양.

几几'궤궤 침착해 있는 모양. 번성한 모양.

凶凶.흉흉 시끄럽게 떠드는 소리. 두려워하는 소리.

切切'절절 매우 정중한 모양. 속 깊이 생각하는 모양. 근신하여 생각하는 모양. 소리가 가늘게 계속하는 모양. 매우 간절히 생각하는 모양.

別別'별별 별다른 가지가지.

削削'삭삭 약함. 매우 약함.

剌剌'날랄 바람 소리.어그러지는 모양. 불평하는 모양.

前前.전전 매우 오래 전. 전번의 전번.

剝剝'박박 사람이 찾아오는 소리. 문을 두드리는 소리.

剡剡'염염 번쩍번쩍 빛나는 모양. 일어서는 모양.

剪剪.전전 지혜가 좁고 얕은 모양. 아첨하는 모양. 바람이 솔솔 부는 모양. 마음을 한가지로 고르는 모양.

劫劫'겁겁 부지런히 힘쓰는 모양. 世世, 代代, 代마다.

劬劬.구구 애먹는 모양. 바쁘게 수고하는 모양.

勃勃'발발 사물이 한창 익어가는 모양. 성한 모양. 몸이 가뿐

하고 민첩한 모양.

勉勉'면면 부지런히 힘쓰는 모양.

動動'동동 動動舞. 고려 때부터 口傳되어오던 歌謠. 정월부터 선달까지의 男女情事를 月令體로 읊은 노래. 옛 管樂曲의 한 가지. 현재 國樂院에서 演奏되고 있음.

勞勞.노로 몹시 애를 씀.

勻勻.균균 **가지런한 모양**.

勿勿'물물 창황한 모양. 어떤 일에 마음을 쏟아 쉬지 않는 모양.

匈匈.'흉흉 시끄럽게 떠들음. 또는 그 소리.

匑匑.궁궁 몸을 굽혀 경의를 표하는 모양.

匪匪'비비 차마가 아름답고 정연하게 가는 모양.

區區.구구 조그마한 모양. 得意의 모양. 뜻을 이룬 모양. 사랑. 부지런히 일하는 모양. **변변치 못함**. 각각 다름.

半半'반반 반의 반. 한 쪽 절반과 다른 쪽의 절반.

卑卑.비비 스스로 힘 씀. 스스로 勉勵하는 모양.

卒卒'졸졸 황하여 침착하지 못하는 모양.

卓卓'탁탁 높고 먼 모양. 우뚝 섰는 모양.

卬卬.앙앙 임금의 덕 있는 모양. 번성한 모양. 높은 모양.

卷卷.권권 친절한 모양. 忠勤한 모양. 시들어 떨어짐, 衰退하여 零落함.

卿卿.경경 처가 남편을 부르는 칭호.

厭厭.염염 편하고 고요한 모양. 왕성한 모양.

去去'거거 빨리 가라고 재촉하는 모양. **세월이 머무르지 않고**

흘러감.

參參.참참 긴 모양. 가지런하지 아니한 모양. 빽빽하게 섰는 모양.

反反.반반 신중한 모양. 조심성 있는 태도.

叟叟.수수 쌀을 씻는 소리. 움직이는 모양.

叢叢.총총 많은 물건이 빽빽이 들어서 있는 모양. 떼 지어 모이는 모양.

叨叨.도도 말이 많음. 투덜거림.

叩叩'고고 문 같은 것을 똑똑 두드리는 모양. 친절한 모양.

叫叫'규규 **멀리 들리는 소리**.

叱叱'질질 꾸짖는 소리. 혀를 차는 소리. 소나 말을 모는 소리.

吃吃'흘흘 껄껄 웃는 모양. 또는 그 소리.

各各'각각 따로따로. 몫몫이.

否否'부부 강력히 부정하는 말.

吧吧.파파 **말이 많은 모양**.

听听'은은 **웃는 모양**.

呐呐'눌눌 말을 더듬는 모양.

吸吸'흡흡 움직이는 모양.

吾吾.오오 친해지지 않는 모양.

呫呫'첩첩 **작은 모양**. 소곤거리는 모양. 지껄이는 모양.

呀呀.하하 입을 벌리는 모양. **맹수가 입을 벌리고 이를 드러내는 모양**. 웃음소리.

呦呦.'유유 흐느낌. 개울물이 졸졸 흘러가는 모양.

呰呰'자자 서로 욕하는 모양.

呵呵.'가가 웃는 모양.

呶呶.노노 떠들썩하게 지껄이는 모양. 추근추근하게 말하는 모양.

咄咄'돌돌 뜻밖의 일에 놀라 지르는 소리.

咇咇'필필 슬피 울음. 어떤 소리.

咋咋'책책 큰 소리.

咠咠'집집 말다툼하는 소리. 참소하는 말.

咤咤'타타 怒한 소리.

咨咨.자자 탄식하는 모양.

咬咬.교교 새가 지저귀는 소리.

咻咻'휴휴 앓는 소리. 호흡하는 모양.

咽咽.인인 가락을 빨리하여 치는 북소리.

咿咿.이이 벌레의 우는 소리.

哀哀.애애 슬퍼하는 모양.

哇哇.와와 웃는 소리. 아이 우는 소리.

哈哈'합합 웃음소리. 농담. 웃으며 말하는 소리.

員員.원원 급한 모양. 갑자기. 많고 예의가 있는 모양..

哨哨'초초 말이 많은 모양.

哥哥.가가 형을 부르는 말. 남을 부르는 敬語. 옛날 아들이 아버지를 말할 때에 쓴 말.

哮哮.효효 성낸 짐승의 우는 소리.

唉唉.애애 어린 아이 우는 소리.

唐唐.당당 넓은 모양. 浩浩.

唯唯,'유유 공손하게 대답하는 말, 예예. 남의 뜻을 거역하지 않는 유순한 모양. **고기가 꼬리를 물고 따라가는 모양**. 자유로이 드나드는 모양.

啀啀.애애 **개가 물려고 짖는 소리**.

啄啄'탁탁 새가 나무 따위를 쪼는 소리. 문을 두드림. 사람의 발소리의 형용.

啍啍.톤톤 육중하여 느릿함. 자기 생각으로 멋대로 가르침. 어리석은 모양. 말이 많은 모양.

啖啖'담담 욕심내어 먹는 모양. 합쳐 갖고자 하는 모양.

啞啞'아아 **까마귀 따위가 우는 소리**. 어린아이가 더듬거리는 말. 웃음소리. 웃으며 이야기 하는 소리.

啾啾.추추 **벌레의 우는 소리**. 말의 우는 소리. 원숭이의 소리. 방울소리. 피리소리. 亡靈이 우는 소리.

喋喋'담담 풍부한 모양.

喀喀'객객 토하는 소리.

喁喁.옹옹 **고기가 입을 쳐들고 오물거리는 모양**. 중인이 추앙하는 모양. 할 일 없이 평범한 모양.

喃喃.'남남 지루하게 지껄임. 讀書하는 소리.

喋喋'첩첩 거침없이 지껄이는 모양. 말이 많음.

喑喑.음음 말을 못하는 모양.

喔喔'악악 닭소리. 닭 우는 소리.

喘喘'천천 헐떡이는 모양. 조바심치는 모양.

喞喞'즉즉 탄식하는 소리. **벌레소리**.

呴呴. 후후 선웃음을 치는 모양. 억지로 웃는 모양.

喤喤. 황황 어린아이의 큰 웃음소리. 떠들썩한 모양. 종과 북 소리가 어울리는 모양.

嗃嗃' 학학 엄숙히 꾸짖는 모양. 嚴酷한 모양.

嗑嗑' 합합 말이 많은 모양. 깔깔 웃는 소리.

嗚嗚. 오오 노래를 부르는 소리. 슬픈 소리의 형용.

嗛嗛. 겸겸 작은 모양. 겸양하는 모양.

嗷嗷. 오오 시끄럽게 부르는 소리. 슬픔에 젖은 뭇사람의 소리, 또 그 모양. 여러 사람이 꾸짖고 걱정하는 소리. **기러기의 우는 소리**.

啀啀. 애애 **개가 으르렁 대는 모양**.

嘌嘌. '표표 節度가 없는 모양.

嘈嘈. '조조 소리가 시끄러운 모양.

戛戛' 알알 새 우는 소리. **두루미의 소리**.

嘐嘐. 효효 뜻이 크고 말 하는 것이 시원한 모양. 교교' 닭이 우는 소리.

嘒嘒' 혜혜 **매미의 울음소리**. 소리가 급한 모양. 소리가 부드럽고 가락에 맞는 모양.

嘔嘔. '구구 즐거워하는 모양. 부드러운 말의 형용. 물건을 움직일 때 마찰하여 나는 소리.

嘬嘬' 최최 게걸스레 먹는 모양.

嘲嘲. 조조 희롱하는 모양.

嘵嘵. 효효 두려워하는 모양.

嘻嘻. 희희 스스로 만족하게 여기는 모양. 화락하게 웃는 모양.

嘽嘽. 탄탄 마소의 헐떡이는 모양. 많은 모양. 즐기는 모양.

嘺嘺. 초초 **새의 지저귀는 소리.**

噏噏' 흡흡 신하가 그 직책에 충실치 못한 모양.

噦噦' 홰홰 새소리. 밝아오는 모양. 말방울 소리.

噭噭' 교교 슬프게 우는 소리. 새소리. 큰 소리, 힘찬 소리. 웃음소리. 원숭이의 소리.

噲噲' 쾌쾌 너그럽고 쾌활한 모양. 상쾌한 모양.

噴噴. 분분 소리가 거칠어짐. 야단을 침.

嚇嚇' 하하 깔깔 웃는 웃음소리.

嘿嘿' 묵묵 만족하지 못하는 모양.

嚴嚴. 엄엄 엄숙한 모양. 위풍이 있는 모양.

嚶嚶. 앵앵 **새가 서로 응하여 우는 소리, 꾀꼬리 등.** 벗이 서로 격려하여 닦음.

嚾嚾.' 훤훤 시끄러운 모양.

囁囁' 섭섭 겁이 많아 말을 머뭇머뭇하는 모양.

囂囂. 효효 뭇 소리가 시끄러운 모양. 와글와글 하는 소리. 허전한 모양. 뭇 사람이 원망하고 근심하는 소리. 또는 그 모양. 한탄하고 근심하는 모양. 제 분에 만족하여 다른 것을 바라지 않는 모양.

回回. 회회 빙빙 도는 모양. 빛나는 모양.

囫囫' 홀홀 온전한 모양. 둥글둥글하고 단단한 모양.

囷囷.' 균균 빙빙 도는 모양.

圉圉'어어 몸이 괴로워서 어릿어릿하는 모양.

團團.단단 둥근 모양. 이슬이 둥글둥글하게 맺혀있는 모양.

圾圾'급급 위태한 모양.

坎坎'감감 힘을 드려서 물건을 치는 소리. 북 치는 소리. 불안한 모양.

坦坦'탄탄 넓고 평평한 모양. 남보다 월등한 점이 없는 모양. 평범함.

垂垂.수수 차츰차츰. 점점. **드리워 늘어지는 모양**.

堂堂.당당 위엄스럽고 훌륭한 모양. 威儀가 어연번듯한 모양.

堆堆.퇴퇴 쌓아서 겹쳐진 모양.

堯堯.요요 **산 따위가 매우 높고 험한 모양**.

塏塏'개개 높은 모양.

塗塗.도도 두터운 모양. 많은 모양. 濃厚한 모양.

塡塡'전전 중후한 모양. 규율이 바르고 嚴正한 모양. 車馬의 수가 많은 모양. **우뢰소리가 울리는 모양**. 북 소리가 연달아 나는 일.

塵塵.진진 代代. 世世. 和한 모양.

增增.증증 수효의 많은 모양. 늘인 뒤에 또 더 늘임.

墨墨'묵묵 어두움. 말이 없는 모양.

壘壘'누루 **무덤 같은 것이 연달아 있는 모양**.

壤壤'양양 어지럽게 뒤섞인 모양.

夜夜'야야 밤마다. 每夜.

太太'태태 남의 부인의 尊稱.

夬夬'쾌쾌 결단하는 모양. 결단하여 의심하지 않는 모양.

夭夭'요요 **젊고 용모가 아름다움**. 낯빛이 화기가 있는 모양.

央央.앙앙 넓은 모양. 선명한 모양. 소리가 화한 모양.

奄奄.'엄엄 숨이 끊어지려고 하는 모양. 어두운 모양.

奇奇.기기 **몹시 기이함**. 매우 이상야릇함.

奐奐'환환 빛이 빛남. 빛이 밝은 모양.

契契'계계 분주한 모양. 근심스럽고 괴로운 모양.

奔奔'분분 서로 싸워서 추하게 된 모양. 서로 和해서 질서가 있는 모양.

奕奕'혁혁 사물이 큰 모양. 아름다운 모양. 빛이 번쩍이는 모양. 성한 모양. 가는 모양. 춤추는 모양. 근심하는 모양. 연속된 모양.

奫奫.윤윤 물의 깊고 넓은 모양. 물결이 맴도는 모양.

如如.여여 **변하지 않는 모양**.

妹妹'매매 부인. 아내.

姁姁'후후 **웃으며 즐김**. 친절한 말씨.

姊姊'자자 유모. 어머니. 손위 누이. 아내.

姍姍.선선 여자의 걸음 걷는 모양. 뒤뚱거리며 걸음.

委委'위위 **의젓하고 천연스러운 모양**. 걸어가는 모양.

姚姚.요요 예쁨. 아리따움.

姝姝.주주 기력이 약한 모양.

姣姣'교교 재주와 지혜가 있음.

姼姼.제제 아름다운 모양. 예쁜 모양.

媞媞'미미 끈덕지게 말을 붙임. 자세한 모양. 또는 번거로운 모양.

娖娖'착착 일이나 행동을 삼가는 모양.

娘娘.낭낭 어머니. 皇后.

娛娛.오오 유쾌하게 즐기는 모양.

娜娜'나나 **한들거리는 모양**. 가냘프고 아름다운 모양.

娟娟.연연 아득하게 먼 모양. 달빛이 밝고 환한 모양. 맑은 모양. **나비의 나는 모양**. 아름다운 모양.

娥娥.아아 여자의 아름다운 얼굴 모양.

娭娭'애애 장난삼아 놀림 받는 모양.

婉婉'완완 몸가짐이 아리땁고 맵시가 있음. 龍이 날으는 모양.

媒媒'매매 **아는 것이 없어 일에 어두움**.

媕媕.암암 여자가 임을 그려 생각하는 모양. 마음이 안정 되지 않는 모양.

媞媞.제제 편안한 모양. 보기 좋은 모양.

媻媻.'반반 왕래하는 모양.

媽媽'마마 어머니를 부르는 말. 나이 많은 여자.

嫈嫈.앵앵 보기 좋은 모양. 아름다운 모양.

嫋嫋'요뇨 약하디 약함. **바람이 솔솔 부는 모양**. 길고 약한 모양. 소리가 가늘게 울리는 모양.

嫢嫢.규규 조용한 모양. 조그마한 것을 이룬 모양.

嫥嫥.전전 사랑스러운 모양.

嫽嫽'노로 외조모. 戱謔질 함.

嬉嬉. 희희 기뻐하며 웃는 모양.

嬥嬥' 조조 혼자서 가는 모양. 輕薄한 모양. 왕래하는 모양. 보기 좋은 모양.

嬿嬿' 연연 아름다운 모양.

孑孑' 혈혈 우뚝하게 외로이 선 모양. 오뚝한 모양. 아주 작은 모양.

存存. 존존 존재함. 보존함.

孳孳. 자자 부지런히 힘써 일하는 모양.

孽孽' 얼얼 성대하게 치장한 모양.

安安. 안안 평안한 모양.

完完. 완완 부족이나 흠이 없는 모양.

宏宏. 굉굉 **대단히 넓은 모양.**

宛宛' 완완 굽혔다 폈다함. 柔弱함.

宴宴' 연연 즐기는 모양.

家家. 가가 집집. 집집마다.

容容. 용용 구름이 솟아나는 모양. 변동하는 모양. 대중을 따라 오르내림. 世流와 합함. **순간적이나마 세상에 인정을 받고자함.**

宿宿' 숙숙 두 밤을 잠. 二泊. 작은 걸음으로 걷는 모양.

寂寂' 적적 **외롭고 쓸쓸함.**

密密' 밀밀 남 몰래. 비밀히. 세밀히. 아주 빽빽하게 들어서 있음.

寞寞' 막막 **쓸쓸하고 괴괴한 모양.**

察察'찰찰 밝고 썩 자세한 모양. 결백하고 깨끗한 모양.

寥寥.요료 쓸쓸하고 고요함. 寂寞. 空虛한 모양. 數가 적음. 稀少.

實實'실실 넓고 큰 모양. 확실한 모양.

寸寸'촌촌 마디마디. 갈가리. 조금씩.

將將.장장 엄숙하고 바름. **옥이 부딪쳐 울려나는 소리**. 佩玉의 소리. 종소리. 소리가 모여 화합하는 소리. 시끄러운 모양. 매우 아름다운 모양. 넓고 큰 모양. 높은 모양. 대장의 대장.

小小'소소 극히 작은 모양. 얼마 안 되는 모양. 사소. 나이가 적음. 젊음.

少少'소소 적게. 얼마 안 되는.

就就'취취 급하지 않고 너그러운 모양.

局局'국국 크게 웃는 모양.

居居.거거 나쁜 마음을 품고 서로 만나지 않음.

屑屑'설설 번거롭고 침착하지 못한 모양. 부지런한 모양.

層層.층층 여러 층으로 거듭된 층. 낱낱의 층.

屹屹'흘흘 산이 우뚝 솟은 모양.

岌岌'급급 높음. 높은 모양. **위험한 모양**. 안정 되지 않는 모양. 疾走하는 모양. 盛한 모양.

岐岐.기기 **지혜가 있고 어진 모양**. 높은 모양.

岑岑.잠잠 머리가 아픈 모양. 속이 답답하여 괴로운 모양.

岧岧.초초 산이 높은 모양.

弗弗'불불 일어나는 모양.

峨峨.아아 **산이 높고 험악한 모양**. 儀容이 嚴肅하고 威嚴이 있는 모양.

崇崇.숭숭 높은 모양.

崟崟.음음 높고 험한 모양. 수가 많은 모양.

崔崔.최최 산이 우뚝하게 섬. 높고 큰 모양.

嵎嵎.우우 산이 겹쳐 높은 모양.

嵬嵬.외외 **산이 높이 솟은 모양.**

嶔嶔.금금 일을 크게 버리는 모양. 하품하는 모양.

嶙嶙'인린 기복이 있어 평탄하지 않은 모양.

嶟嶟.준준 산이 높게 우뚝 솟은 모양.

嶢嶢.요요 산이 높은 모양. **志操가 高尚한 모양**.

嶫嶫'업업 산이 높고 험한 모양.

嶽嶽'악악 뽐내는 모양. 모가 나고 엄숙한 모양.

嶷嶷.의의 **덕이 높은 모양**. 어린아이의 지혜가 영리함.

巉巉.참참 산이 높고 험한 모양.

巍巍.외외 **산이 높고 크고 웅장함**. 홀로 서 있는 모양.

巖巖.암암 **돌이 높게 겹쳐 위험한 모양.**

川川.천천 큰 수레가 무겁게 천천히 가는 모양.

差差.치치 가지런하지 않은 모양. 고르지 못한 모양.

已已'이이 그침.

巴巴.파파 매우. 심히. 노인을 이름. **여물게 붙어 굳어진 모양**. 초조한 모양.

怗怗'첩첩 悠然히 침착한 모양. 붙어서 떨어지지 않는 모양. 아래로 드리워진 모양. 마음속으로 정성을 다하여 복종함.

師師.사사 서로 스승으로 삼아 본받는 것.

常常.상상 日常. 平常. 늘. 언제나. 無心한 모양. 盛한 모양.

幕幕'막막 어두운 모양. 盛한 모양.

幡幡.번번 나부끼는 모양. 위의를 잃은 모양. 빨리 나는 모양.

幢幢.'당당 깃털이나 포백이 드리워진 모양. 구름 같은 것이 덮여져 흐린 모양. 불빛이 흔들리는 모양.

幪幪'몽몽 茂盛한 모양.

平平.평평 편편함. 平坦. 坦坦. 평범함. 같음. 무던하고 치우치지 않음. 잘 分辨하여 다스림.

年年.연년 해마다. 매년.

幽幽.유유 깊고 그윽함. 어두운 모양. 고요한 모양.

店店'점점 모든 상점.

庚庚.경경 옆으로 눕는 모양. 곡식 열매 따위가 익는 모양.

庸庸.용용 平凡. 평범한 모양. 힘씀. 아주 작은 모양. 微小한 모양.

廑廑.'근근 겨우. 조금.

廓廓'확확 허무한 모양. 거리낌이 없는 모양.

廣廣'광광 넓은 모양.

廩廩'늠름 容儀가 바름. 風采가 있음. 위태위태함.

廱廱.옹옹 화목하여 즐거운 모양.

延延. 연연 긴 모양. 길게 뻗침. 많은 모양. 오래된 모양.

弊弊' 폐폐 힘써 경영함. 부지런하여 심신이 피로한 모양.

式式' 식식 공경하는 모양.

弗弗' 불불 **바람이 세게 부는 모양**. 肯定하지 않음.

彌彌. 미미 조금씩. 차차로 불어감.

彎彎. 만만 굽은 모양.

彧彧' 욱욱 무성한 모양. 무늬가 있어 아름다운 모양.

彩彩' 채채 **아름다운 모양**.

彪彪. 표표 **아롱진 문채가 있는 모양**.

彬彬. 빈빈 글의 수식과 내용이 서로 알맞게 갖추어져 있는 모양.

彰彰. 창창 밝게 나타나는 모양.

役役' 역역 심력을 기우리는 모양. 경박하고 간사한 모양.

往往' 왕왕 이따금. 때때로.

徊徊. 회회 정처 없이 이리저리 왔다 갔다 함.

律律' 율률 산이 높고 험한 모양. 악한 모양.

徐徐. 서서 행동이 침착한 모양. 잠을 자고 있는 모양. 조용한 모양. 疑懼하는 모양.

得得' 득득 일부러. 得意의 모양. 意氣가 오르는 모양. 가는 모양.

從從. 종종 수레 방울 소리. 발이 여섯 개 있는 개.

徨徨. 황화 방황하는 모양. 어슷거리는 모양.

循循. 순순 질서 바른 모양. 整然한 모양.

微微. 미미 보잘것없이 아주 작은 모양. 세력이 떨치지 않는 모양.

徽徽. 휘휘 **아름다운 모양**.

忉忉.도도 마음에 근심하는 모양.

忍忍'인인 불쌍함.

忙忙.망망 바쁜 모양.

忡忡.충충 몹시 근심하는 모양.

快快'쾌쾌 기분 좋은 모양.

忳忳.돈돈 어리석은 모양. 근심하는 모양.

念念'염념 **항상 마음속으로 생각함**. 마음속에 둠. 시시각각으로 시간이 가는 모양.

忽忽'홀홀 문득. 갑작스레. 즉시. **황홀한 모양**. 소홀해서 일을 돌보지 않는 모양. 실망한 모양. 문득 떠나가는 모양. 헤매는 모양. 순회하는 모양. 명백하지 않는 모양. 잊어버리는 모양.

忿忿'분분 성내는 모양.

怊怊.초초 슬퍼 걱정하는 모양. 사방이 먼 모양.

怏怏'앙앙 **마음에 만족하지 않는 모양**. 즐거워하지 않는 모양.

怗怗'첩첩 조용한 모양.

怛怛'달달 근심하고 애씀. 슬퍼서 노심함.

怡怡.이이 **즐거워하는 모양**. 기뻐서 좋아하는 모양.

怭怭'필필 남을 업신여기는 모양. **행동이 거만한 모양**.

怱怱.총총 일이 매우 급하고 바쁜 모양. 몹시 급하게 몰리는 모양.

怲怲'병병 근심이 가득 찬 모양.

怵怵'출출 두려워하는 모양.

恂恂.순순 진실한 모양. 진실성이 있는 모양. 두려워하고 근심하는 모양.

恇恇.광광 겁내는 모양.

恟恟.흉흉 두려워서 설레는 모양. 인심이 몹시 어지러워 어수선한 모양.

恢恢.회회 넓고 큰 모양. 크게 포용하는 모양. 여유가 많은 모양. 급하지 않는 모양.

恤恤'휼휼 근심하는 모양.

恨恨'한한 한탄하여 마지않는 모양. 한스러워 못 견디는 모양.

恰恰'흡흡 새 울음소리의 형용. 흡사. 마치.

悁悁.연연 근심하는 모양. 성냄.

悃悃'곤곤 간절한 모양. 지조가 곧은 모양.

悄悄'초초 풀이 죽어 근심하는 모양. 근심하여 맥이 풀린 모양. 고요한 모양.

悒悒'읍읍 근심하는 모양.

悚悚'송송 **두려워하는 모양**.

悛悛.전전 정성이 넘치고 말이 적은 모양. 謹厚한 모양.

悠悠.유유 걱정하는 모양. 썩 먼 모양. **매우 한가한 모양**. **느릿느릿한 모양**. 널리 퍼지는 모양. 많은 모양.

悢悢'양량 몹시 슬퍼하는 모양. 자애로운 모양.

悱悱'비비 말을 하려다 우물거리는 모양.

悵悵'창창 한탄하는 모양.

悶悶.'민민 마음이 컴컴한 모양. 사리에 어두운 모양. 속이 답답한 모양. 속으로 고민하는 모양.

悸悸'계계 겁이 나서 가슴이 두근거리는 모양.

悽悽.처처 마음이 매우 구슬픈 모양. 병으로 피로한 모양.

悾悾.공공 어리석은 모양.

悻悻'행행 발끈 성을 내고 원망함. 성미가 급하고 마음이 좁음.

惇惇.돈돈 **돈후한 모양**.

惑惑'혹혹 마음이 어지럽고 어두운 모양.

惓惓.권권 입에 힘쓰는 모양. 삼가는 모양. 친절한 모양.

惘惘'망망 낙심하여 멍한 모양.

惙惙'철철 근심하는 모양. 근심하여 마음이 산란한 모양.

惛惛.'혼혼 **정신이 흐리멍덩한 모양**. 일에 마음이 팔려 열중하는 모양.

惟惟.유유 허락하는 모양.

惴惴'췌췌 매우 무서워서 벌벌 떠는 모양.

惵惵'첩첩 무서워하는 모양.

惶惶.황황 몹시 두려워하는 모양. **당황하는 모양**.

惷惷'준준 **벌레의 움직이는 모양**. 무지해서 사리를 판결하지 못하는 사람의 움직임.

惸惸.경경 근심하는 모양.

惺惺.'성성 영리한 모양. 똑똑한 모양. **꾀꼬리의 울음소리**.

惻惻'측측 딱하고 가엾이 여기는 모양. 비통한 모양. 간절함.

愁愁.수수 근심하는 모양.

愈愈.'유유 마음속에 걱정하는 모양.

愔愔.음음 화평한 모양. 화평하여 기뻐하는 모양. 깊숙하고 조용한 모양.

愕愕'악악 바른말을 거리낌 없이 함.

愬愬'색색 놀라 두려워하는 모양.

愴愴'창창 **슬픈 모양**. 슬퍼 상심하는 모양. 몹시 슬퍼함.

慁慁'흔흔 걱정하여 마음이 가다듬지 못하는 모양.

慄慄'율률 두려워하는 모양. **벌벌 떠는 모양**. 매우 추운 모양.

慅慅.소소 두려워하는 모양. 고달픈 모양. 근심스러운 모양.

慆慆.도도 오랜 모양. 어지러운 모양.

慇慇.은은 매우 근심하는 모양.

慊慊'겸겸 찐덥지 않은 모양. 불만스러운 모양.

慘慘'참참 비통한 모양. 걱정하는 모양. 암담한 모양.

慨慨'개개 **탄식하는 모양**.

慺慺.누루 성의를 다하는 모양. 慇懃. 높이어 삼가는 모양.

憍憍.교교 **제 멋대로. 교만으로 가득한 모양**.

憑憑.빙빙 성한 모양.

憒憒'궤궤 마음이 걷잡을 수 없이 어지러움.

憧憧.동동 뜻이 바로 잡히지 않는 모양. 끝없이 왕래하는 모양. 가는 모양.

憯憯'참참 매우 걱정함.

憲憲'헌헌 명백한 모양. 기뻐하는 모양. 欣欣.

憺憺'담담 움직이는 모양.

懃懃.근근 간절한 모양. 지성스러운 모양.

懆懆'조조 근심하여 마음이 편안하지 못한 모양.

懇懇'간간 **간절한 모양**. 지성스러운 모양.

懋懋'무무 힘쓰는 모양.

懍懍'늠름 추워서 벌벌 떪음.

懣懣'만만 번민하는 모양.

懮懮'유유 근심하는 모양.

懕懕.염염 편안한 모양.

懣懣'만만 번민하는 모양.

懵懵'몽몽 마음이 어둡고 어지러움.

懸懸.현현 **마음이 안정되지 않는 모양**.

戀戀'연연 그리움을 못 이겨 단념하지 못하는 모양.

戚戚'척척 서로 친밀한 모양. 근심하고 두려워하는 모양. 마음이 동요하는 모양. 근심하고 슬퍼하는 모양.

戛戛'알알 **사물이 서로 어긋나 맞지 않는 모양**. 물건이 서로 맞부딪는 소리.

戢戢'집집 모여드는 모양.

截截'절절 **말 잘하는 모양**.

戰戰'전전 두려워서 벌벌 떠는 모양.

戶戶'호호 집집. 집집마다.

戾戾'여려 급한 모양.

扎扎'찰찰 베 짜는 소리의 형용.

抑抑'억억 매우 삼감. 삼가고 조심함.

披披.'피피 긴 모양. 펄펄 날리는 모양. **머리카락이 흐트러진**

모양.

拍拍'박박 푸드덕 푸드덕 하는 모양. 새 날개의 깃 소리(羽音)를 형용함.

拳拳.권권 쥐고 안 놓음. 곧 받드는 모양, 奉持. 정성스러운 모양. 사랑함.

振振.'진진 마음이 仁厚한 모양. 성대한 모양. **信義心이 두터운 모양.**

挺挺'정정 바른 모양. 똑 바른 모양.

捲捲.권권 힘쓰는 모양. 애쓰는 모양.

捷捷'첩첩 거동이 민첩한 모양. 지껄이는 소리.

掀掀.흔흔 높이 솟은 모양. 높이 올리는 모양.

掩掩'엄엄 향기가 확 풍기는 모양. 芬芬.

提提'제제 우아하고 마음에 여유가 있는 모양. 편안하고 만족해하는 모양. 명백한 모양. 시시 새가 떼 지어 나는 모양.

揖揖'즙즙 많이 모여 있는 모양. 많은 모양.

搖搖.요요 **배 따위가 흔들리는 모양**. 마음이 안정 되지 못한 모양. 의지할 떼가 없어서 불안한 모양.

搰搰'골골 힘을 쓰는 모양.

擾擾'요요 시끄러운 모양. **뒤숭숭함.**

攘攘.'양양 어지럽고 요란한 모양. 많은 모양.

攲攲.기기 쫑긋한 모양.

攸攸.유유 썩 먼 모양. 느릿느릿한 모양. 마음이나 태도가 매우 여유가 있고 한가한 모양.

敖敖.'오오 많은 사람이 원망하며 떠드는 모양. 기뻐하는 모양. **거만 떠는 모양**.

斌斌.빈빈 외양과 내용이 어울려 조화하여 섞인 모양.

斑斑.반반 **얼룩진 모양**.

斤斤'근근 밝게 살피는 모양. 불쌍히 여기는 것.

斷斷'단단 마음에 정한 것을 고치지 않음. 진심이 있는 모양. 조금도 틀림이 없음.

施施.'시시 잘 나아가지 못하는 모양. 기뻐하는 모양.

旆旆'패패 기가 축 늘어진 모양. 무성하게 자란 모양.

旦旦'단단 **아침마다**. 간절하고 성의가 있는 모양. 명백한 모양. **나날이**.

早早'조조 곧. 급히. 빨리. 편지 끝에 쓰는 말.

旰旰'간간 성한 모양.

的的'적적 밝은 모양.

旺旺'왕왕 아름답게 성한 모양.

旼旼.민민 화하는 모양.

昂昂.앙앙 밝은 모양. 말이 달리는 모양. 임금의 덕이 높은 모양. 자기 힘을 믿고 교만해지는 모양.

昊昊'호호 크고 힘찬 모양.

明明.명명 아주 환하게 밝음. 明德이 있는 사람을 밝혀서 등용함.

昔昔'석석 **밤마다**. 每夜.

昏昏. 혼혼 어두운 모양. **어리석은 모양**. 깊이 잠든 모양. **정신 없이 취한 모양**. 조는 모양.

易易' 이이 쉬운 모양.

星星. 성성 二十八宿의 하나, 곧 스물다섯째의 별. **머리털이 희뜩희뜩한 모양**.

昢昢' 불불 새벽빛 흐릿한 모양.

昧昧' 매매 어둑어둑한 모양. 깊은 생각에 잠긴 모양. 어두운 모양.

昭昭' 소소 밝은 모양. 작고 밝은 것.

昱昱' 욱욱 햇빛이 빛나는 모양.

晃晃' 황황 **환하게 빛나는 모양**.

皎皎' 교교 밝은 모양.

晏晏' 안안 화평한 모양. 즐겁고 평화스러운 모양. **천성 그대로 조금도 무리가 없는 모양**.

晢晢' 절절 별이 빛나는 모양.

晶晶. 정정 반짝반짝 빛나는 모양.

晻晻' 암암 어두워지는 모양.

暉暉. 휘휘 하늘이 맑고 밝은 모양.

暍暍' 갈갈 환자의 열기가 극심함을 이름.

暐暐' 위위 빤짝빤짝 햇빛이 빛남.

暗暗' 암암 어두운 모양. 깊숙한 모양. 소리 하나 없이 조용한 모양. **남이 모르게 하는 모양**.

暝暝.' 명명 쓸쓸한 모양. **어두운 모양**.

皜皜'고고 흰 모양.

曀曀'에에 **음산하고 흐린 모양.**

曁曁'기기 果斷性 있고 剛毅한 모양. 부득이 함께 한다는 뜻.

曄曄'엽엽 빛나는 모양. 밝고 윤기 있는 모양. 왕성한 모양.

曇曇.담담 **먹구름이 낀 모양.** 흐린 모양.

曈曈.동동 **일출시의 태양의 모양.** 태양처럼 빛나는 모양. 해 돋을 때 빛이 환해 오는 모양.

曖曖'애애 어둠침침한 모양. **햇빛이 희미한 모양.**

曜曜'요요 빛나는 모양.

曲曲'곡곡 굴곡이 많은 산천이나 도로의 굽이굽이. 坊坊曲曲의 약어.

曳曳'예예 잇달아 나부낌. 길게 끄는 모양.

曼曼.만만 긴 모양. 먼 모양.

朗朗'낭랑 음성이 높고 맑은 모양. 빛이 매우 밝은 모양. 분명한 모양.

望望'망망 부끄러워하는 모양. 떠나며 돌아보지 아니하는 모양. 마음을 잃은 모양. 생각하여 사모하는 모양.

朦朦.몽몽 흐릿한 모양. 어둑어둑한 모양. **하늘이 캄캄해서 곳 비가 내릴 듯한 모양.** 혼돈하여서 구별, 질서가 없는 모양. **정신이 흐려서 멍한 모양.**

朧朧.농롱 흐릿한 모양. 희미하게 밝아지는 모양.

札札'찰찰 매미가 우는 소리. 쟁기로 밭을 가는 소리. 베 짜는 소리.

朶朶'타타 **많은 가지 또는 가지가 늘어진 모양**.

杅杅.우우 만족하는 모양.

杳杳'묘묘 어두운 모양. **멀어서 아득한 모양**. 아득한 모양.

林林.임림 많이 모임.

枚枚.매매 가느다란 모양.

架架'가가 **새 소리의 형용**.

柅柅'이니 초목이 무성한 모양.

某某'모모 아무아무. 누구누구.

栖栖'서서 바쁜 모양.

栗栗'율률 놀라는 모양. 많은 모양.

栩栩'허허 기뻐하는 모양.

格格'격격 새의 소리. 清代 귀족 여자의 일컬음.

桀桀'걸걸 무성한 모양.

桓桓.환환 굳세고 강한 모양. 武勇.

桹桹.낭랑 나무를 맞때리는 소리.

條條.조조 조목조목이. 어지러워지는 모양.

梢梢.소소 **나뭇가지가 바람에 흔들거리는 모양**. 사물이 적은 모양. 잎이 없고 가지가 길게 뻗친 모양.

棣棣'태태 威儀가 있는 모양. 禮儀에 밝은 모양.

森森.삼삼 나무가 높이 많이 벌여선 모양. 수목이 무성한 모양. 모직물이 빽빽하고 톡톡한 모양.

棱棱.능릉 모진 모양. 세력이 강한 모양.

棲棲.서서 車馬를 檢閱하는 모양. 마음이 침착하지 않은 모양.

棼棼.분분 **뒤숭숭하고 어지러운 모양.**

楂楂.사사 **까치의 울음소리.**

楚楚'초초 산뜻한 모양. 선명한 모양. 가시덤불이 무성한 모양. 苦痛하는 모양.

業業'업업 위태로운 모양. 강하고 성한 모양.

榛榛.진진 초목이 무성한 모양.

槭槭'색색 나뭇잎이 떨어지는 모양.

樀樀'적적 문 두드리는 소리.

樂樂'낙락 매우 즐거운 모양. 安樂한 모양.

樅樅.종종 나뭇잎이 무성한 모양.

橈橈.요요 구부러지려고 휘는 모양.

橐橐'탁탁 공잇소리. 신발소리.

橛橛'궐궐 믿는 데가 있어서 움직이지 않는 모양. 움직이지 않고 毅然하게 있는 모양.

繠繠'예예 꽃술. 드리워진 모양.

檻檻'함함 수레가 굴러갈 때에 나는 소리.

欒欒.난란 몸이 파리한 모양.

次次'차차 어떠한 일이 조금씩 되어가는 상태. 점점.

欣欣.흔흔 **기뻐하는 모양. 초목이 무성해서 이들이들한 모양.**

欽欽.흠흠 **걱정이 되어 잊지 못하는 모양.** 갈망함. 종소리를 형용하는 말.

款款'관관 충실한 모양. 느린 모양. 혼자 즐기는 모양.

歊歊.효효 기가 상승하는 모양. 기가 성하는 모양.

歡歡. 환환 기뻐하는 모양.

步步' 보보 한 걸음 한 걸음. 걸음마다.

歲歲' 세세 해마다. **年年**.

歷歷' 력력 분명함. 또렷함. 물건이 질서 정연하게 나란히 있는 모양.

殖殖' 식식 평평하고 바른 모양.

殷殷' 은은 근심걱정이 많은 모양. **雨雷'砲聲** 또는 큰 소리 따위가 요란한 모양.

毋毋' 모모 맏동서. 곧 아우의 아내가 형의 아내를 부르는 말.

每每' 매매 늘. 번번이. 밭에 풀이 무성한 모양. 어두운 모양.

比比. 비비 흔히. 매양. 모두. 낱낱이. 무엇이든지.

毿毿. 삼삼 털이 긴 모양. 버들가지 같은 것이 길게 늘어진 모양.

氳氳. 온온 기운 왕성한 모양.

永永' 영영 매우 긴 모양. **언제까지나**.

氾氾' 범범 물에 뜨는 모양. 떠 있는 일정하지 않는 모양.

汃汃' 팔팔 물이 빛나는 모양.

汋汋' 작작 물결이 격하게 치는 소리.

汎汎' 범범 물 위에 뜨는 모양. **물이 넓게 흐르는 모양**.

汕汕' 산산 물고기가 헤엄침.

汗汗' 한한 水勢가 크고 넓은 모양.

汨汨' 골골 **파도소리의 형용**. 물이 빠르게 흐르는 모양. 가라앉아버림. 묻히는 모양. 많은 모양. 번잡한 모양. 불안한 모양.

汪汪.왕왕 물이 넓고 깊은 모양. 度量이 넓음. 눈에 눈물이 가득히 괸 모양.

汲汲'급급 쉬지 않고 노력 함. 분주한 모양.

汶汶'문문 불명예. 더럽힘.

沄沄.운운 물이 구비 쳐 돌아가는 모양. 물이 솟구쳐 흐르는 모양. 넓고 넓은 모양.

沇沇'연연 물이 흘러가는 모양.

沈沈.침침 밤이 깊어가는 모양. **그윽하고 고요한 모양**. 번성한 모양. 초목이 무성한 모양. 물이 깊은 모양.

沒沒'몰몰 물에 가라앉아버리는 모양. 묻혀 숨는 것.

沓沓'답답 말이 많은 것. 빨리 가는 모양.

沖沖.충충 늘어진 모양. 마음에 걱정이 있는 모양. 얼음을 깨는 소리.

沸沸'불불 **물이 용솟음치는 모양**.

油油.유유 물이 고요히 흐르는 모양. 우아한 모양. 침착한 모양. 수수 또는 풀 등이 윤이나 힘 있는 모양.

泛泛'범범 떠 흔들리는 모양. 가득 찬 모양. 들떠서 침착하지 못한 모양.

泜泜'저저 가지런한 모양.

泠泠.영령 소리가 듣기에 시원하고 분명함.

泥泥'이니 풀잎이 무성한 모양. **풀잎이 이슬에 젖어 윤택한 모양**.

泬泬'혈혈 공허한 모양.

泱泱.앙앙 물이 깊고 넓은 모양. 흐르는 모양. **구름이 성하게**

일어나는 모양.

洄洄. 회회 물이 흐르는 모양.

洋洋. 양양 **넓고도 큰 모양**. 성대한 모양. 물의 성한 모양. 많은 모양. 충만한 모양. 빠진데 없이 꽉 차 있는 모양. **한 없이 넓은 모양**. 훌륭하고 아름다운 모양. 의지할 곳이 없는 모양. 득의한 모양. 의기가 오르는 모양. 흉중이 걸림이 없이 편한 모양. 천천히 꼬리를 흔드는 모양. 느릿느릿한 모양. 흐르는 모양.

洛洛' 낙락 **물이 흘러내리는 모양**.

洞洞' 동동 착실함. 성실함. 텅 빈 모양.

津津. 진진 汁 **등이 넘칠 정도로 가득 차있는 모양**. 맛 또는 재미가 퍽 많은 모양.

洩洩' 예예 마음이 한가한 모양. 날아 돌아다니는 모양. 떴다 가라앉았다 하는 모양.

洶洶.' 흉흉 법석대고 떠들음. 파도가 어지럽게 일어나서 세찬 모양. 인심이 안정되지 못하고 몹시 어지럽고 어수선 함. 시끄러운 소리.

洹洹. 원원 물이 흐르는 모양. 물이 많은 모양.

洸洸. 광광 굳센 것. 용감한 모양. 물이 용솟음치는 모양.

活活' 괄괄' 물이 기운차게 흐르는 소리. 미끄러운 것.

派派' 파파 同宗에서 갈리어 나온 여러 갈래.

浘浘' 미미 물이 흐르는 모양.

浟浟. 유유 물이 철철 흐르는 모양. 빠른 모양. **이익을 탐내는**

모양.

浩浩'호호 넓고 큰 모양. **물이 엄청나게 많이 흐르는 모양**. 길이 길게 계속되는 모양. 번쩍이며 빛나는 모양.

浪浪.'낭랑 눈물이 흐르는 모양. **비가 계속해서 내리는 모양**. 떠돌아다니는 모양. 정처가 없고 의지할 곳이 없는 모양.

浮浮.부부 **비와 눈이 한창 내리는 모양**. 많고 강한 모양.

涎涎'연연 광택이 있는 모양. 번질번질하게 윤이 나는 모양.

涔涔.잠잠 비가 한창 내리는 모양. 땀과 눈물 등이 한창 흐르는 모양. 괴롭고 피곤한 모양. 날씨가 흐리는 모양.

涓涓.연연 **물이 조금씩 흐르는 모양**.

涼涼.양량 친절감이 없는 모양. 경박한 모양. 경솔한 모양.

淅淅'석석 **빗소리. 바람 부는 모양**.

淈淈'굴굴 물이 콸콸 흐르는 모양. 물이 세차게 흐르듯 모두가 같은 방향으로 나아가는 모양.

淋淋.임림 **물이 뚝뚝 떨어지는 모양**.

淒淒.'처처 춥고 쓸쓸한 모양. **구름이 피어오르고 비가 올 듯한 모양**.

淘淘.도도 물이 흐르는 모양. 滔滔.

淙淙.종종 물이 흘러가는 모양 또는 그 소리. 음악 소리.

淟淟'전전 때가 묻어 더러워지는 것.

淠淠'비비 장목기가 움직이는 모양. 무리가 많은 모양.

淡淡.담담 말쑥한 모양. 산뜻한 모양. 물이 순순히 흘러 편편하게 차는 모양. 물이 흔들리어 움직이는 모양. 사물의 그림자가 아른아른한 모양.

淫淫. 음음 흐르는 모양. 증진하는 모양. 멀리 사라져가는 모양. 비약하는 모양. 또는 **떴다 가라앉았다 하는 모양**. 왕래하는 모양.

淰淰' 심심 막히어 머물음. 진척되지 않음

深深. 심심 고요하고 희미한 모양. 또는 깊숙하고 희미한 모양. 고요해진 모양. 밤이 깊어가는 모양. 추위가 몸에 스며드는 모양.

淳淳. 순순 조용히 흘러가는 모양.

淵淵. 연연 깊고 고요한 모양. **북 치는 소리**.

混混' 혼혼 물이 솟아나오는 모양. 탁한 모양.

清清. 청청 산뜻하고 상쾌한 모양.

淺淺' 천천 물이 빠르게 흐르는 모양. 조금씩.

淼淼' 묘묘 끝없이 넓은 물의 형용.

渙渙' 환환 물이 한창 흐르는 모양.

渠渠. 거거 집이 깊고 넓은 모양. 침착하지 못하는 모양. 당황하는 모양.

渟渟. 정정 물이 가득 차있는 모양.

渺渺' 묘묘 **물이 끝없이 넓어 아득하게 보이는 것**.

渾渾. 혼혼 물이 한창 흐르는 모양. 또는 물이 솟는 모양. 물이 탁해져 흐르는 모양. **물이 탁해지는 모양**. 꾸밈새가 없고 간략해서 참뜻을 알기 어려운 모양. 큰 것. 깊숙해서 알기 어려운 모양.

湃湃'배배 파도의 소리.

湍湍.단단 소용돌이 침.

湎湎'면면 흘러 퍼지는 모양.

湛湛.잠잠 이슬이 많은 모양. 담담. 진실하고 무게 있는 모양. 물이 깊게 가득 차 있는 모양. 침침' 물 흐름이 힘찬 모양.

湣湣.혼혼 생각이 흐리고 어지러운 모양.

湫湫.추추 **근심하며 슬퍼함**.

源源.원원 근원이 길어서 끊어지지 않는 모양.

溜溜'유류 물 흐르는 소리.

溟溟'명명 어두운 모양. 깊어서 알기 어려운 모양. **小雨가 내리는 모양**.

溫溫.'온온 **溫和**한 모양. **潤澤**한 모양.

溶溶.용용 강물이 넓고 조용히 흐르는 모양. 마음이 넓고 **度量**이 큰 모양.

滃滃'옹옹 운기 또는 큰물이 일어나는 모양.

滄滄.창창 추운 모양. 하늘이 넓고 푸르른 모양.

滔滔.도도 **廣大**한 모양. 큰물이 흘러가는 모양. 시대의 조류에 따라감. 지나가는 모양.

滈滈'호호 물이 희게 빛나는 모양.

滌滌'척척 몹시 더움. **가뭄으로 수목이 말라서 씻어버린 듯함**. 날씨가 따뜻함.

滴滴'적적 **물방울이 계속해서 떨어지는 모양**. 흘러 움직이는 모양. 떨어지는 물방울의 광택이 아름다운 모양.

滸滸'호호 나무 조각이 떨어지는 모양.

滾滾'곤곤 물이 성하게 흐르는 모양. 구름이 여기저기 옮겨 가는 모양.

滿滿'만만 꽉 찬 모양. 부족함이 없음.

漂漂.표표 공중에 높이 떠 있는 모양. 물에 둥둥 떠 있는 모양.

漉漉'녹록 **땀 따위가 줄줄 흐르는 모양.**

漎漎.총총 물소리. 빠른 모양.

漙漙.단단 이슬방울이 맺힘.

漠漠'막막 **넓고 아득함.**

漣漣.연련 눈물 흘리는 모양.

漫漫'만만 멀고 아득한 모양. 구름 빛이 아름다운 모양. 물이 넓게 흐르는 모양. 밤이 긴 모양.

漸漸.'점점 차츰. 보리이삭이 빼어나는 모양. 참참. 바위가 높고 험한 모양. 눈물이 흐르는 모양.

漼漼'최최 눈물이 흐르는 모양.

漾漾'양양 강에 떠있는 모양. 물결이 출렁거리는 모양.

漭漭'망망 물이 넓고 먼 모양.

潏潏'휼휼 물이 솟아나오는 모양.

潑潑'발발 **고기가 기세 좋게 물에서 노는 모양.**

潗潗'집집 물이 용솟음치는 소리. **벌레가 떠들썩하는 소리.**

潝潝'흡흡 자기의 주관이 없이 남의 말만 듣고 따라 하는 모양.

潭潭.담담 깊고 넓은 모양. **찌는 듯이 더운 것을 형용하는 모양.**

潸潸' 산산 비가 줄줄 내림.

潺潺. 잔잔 물이 졸졸 흐르는 모양. **비가 줄줄 내리는 모양.**

潼潼. 동동 높은 모양.

澌澌' 시시 **바람 부는 소리. 눈 오는 소리.** 바스락바스락 하는 소리.

澐澐. 운운 강의 큰 물결 모양.

澹澹' 담담 마음이 흔들리지 않는 모양. 물이 고요히 출렁거리는 모양. 고요하고 맑은 모양.

濃濃. 농농 이슬이 많은 모양.

濈濈' 집집 부드럽고 온화한 모양.

瀰瀰' 이니 많은 모양.

濕濕' 습습 소의 귀가 움직이는 모양.

濛濛. 몽몽 **비나 안개 같은 것이 내려 자욱한 모양.**

濟濟' 제제 많고 성함. 엄숙하고 장함.

濯濯' 탁탁 빛이 밝게 비치는 모양. 즐겁게 노는 모양. 태도가 아름다운 모양. 살찐 모양. **산에 초목이 없이 홀딱 벗겨진 모양.**

濺濺. 천천 물이 빨리 흐르는 모양.

瀧瀧' 괵괵 물소리.

瀏瀏. 유류 바람이 빠른 모양. 날쎈 모양. 청명한 모양.

瀝瀝' 역력 **물소리. 바람 소리.**

瀟瀟. 소소 **비가 적적하게 오는 모양. 비바람이 심한 모양.**

瀧瀧. 농롱 비 오는 모양. 눈물이 떨어지는 모양. 물소리.

濙濙. 영영 물이 흐르는 소리.

瀰瀰. 미미 물이 흐르는 모양.

瀲瀲' 염렴 바닷물이 넘치는 모양. 잔물결이 일어나는 모양.

瀼瀼. 양양 이슬이 많은 모양. 물 빛 일렁거리는 모양.

瀾瀾. 난란 눈물이 흘러 떨어지는 모양.

瀒瀒' 색색 물이 떨어져 내리는 모양.

灌灌' 관관 **냇물이 많이 흐르는 모양**. 정성을 다하는 모양. 고민을 호소할 데가 없음. 짐승이름 九尾狐.

灝灝' 호호 넓고 먼 모양.

灩灩' 염염 달빛이 물에 비치어 아름답게 빛나는 모양. 물이 넘치는 모양.

灼灼' 작작 **꽃이 만발한 모양**. 빛이 눈부시게 빛나는 모양. 밝아 훤한 모양.

炎炎. 염염 **불이 마구 타오르는 모양**. 성하게 나아가는 모양. 몹시 더운 모양. 아름답고 성한 모양.

炘炘. 흔흔 빛이 비치는 모양.

炤炤' 소소 밝은 모양.

炯炯' 형형 번질번질 광택이 나는 모양. 눈이 날카로운 모양. 흥분하여 불안한 모양. 밝게 살피는 모양.

烈烈' 열렬 武威가 떨치는 모양. 근심 하는 모양. 추위가 맹렬한 모양. 높고 큰 모양.

炫炫' 현현 빛이 비치는 모양.

烝烝. 증증 성하게 일어나는 모양. 따라가는 모양. 화기가 올라가는 모양. 전진하는 모양.

焞焞. 돈돈 **별이 해와 달에 가까워졌기 때문에 희미하게 보이는 모양**. 빛이 없는 모양. 퇴퇴 성한 모양.

煇煇. 휘휘 빛남. 빛냄. 훈훈' 벌건 모양.

煒煒' 위위 뚜렷한 모양. 성한 모양.

熙熙. 희희 화목 하는 모양. 넓은 모양.

煜煜' 욱욱 빛나는 모양.

煢煢. 경경 외롭고 의지 할 떼가 없는 모양. 걱정하는 모양. 놀라고 두려워하는 모양.

煦煦' 후후 온정을 베푸는 모양.

熇熇' 혹혹 불이 發熱함.

熊熊. 웅웅 빛나는 모양.

熏熏. 훈훈 온화하고 기뻐하는 모양.

熒熒. 형형 빛나고 윤택한 모양. 빛나는 모양. 등잔불.

熬熬. 오오 **수심에 잠긴 소리**.

燁燁' 엽엽 빛나고 번쩍이는 모양.

燄燄' 염염 불이 타오르는 모양.

燎燎' 요료 빛나는 모양. 번쩍이는 모양.

營營. 영영 번화하게 왕래하는 모양. 이익을 추구하기에 급급한 모양.

燠燠' 욱욱 따뜻한 모양.

燦燦' 찬찬 빛이 아름다운 모양.

燿燿' 요요 환하게 빛나는 모양. 밝은 모양.

爍爍'삭삭 번쩍이며 빛나는 모양.

爚爚'약약 電光이 밝은 모양. 바삐 서두르는 모양.

爛爛'난란 **번쩍번쩍 빛나는 모양**. 眼光이 날카롭게 빛나는 모양.

爰爰.원원 느즈러진 모양.

爸爸'파파 아버지를 부르는 말. 노인에 대한 존칭.

爺爺.야야 연장자의 존칭. 大人. 할아버지.

爽爽.'상상 **보통 사람보다 뛰어남**.

爾爾'이이 그러함. 이러이러함. 이와 같음.

牂牂.장장 盛한 모양.

片片'편편 한 조각한 조각. 가볍게 뒤치는 모양.

牌牌.패패 무리와 무리. 여러 패.

犖犖'낙락 공명정대한 모양.

狉狉.비비 **짐승의 뛰는 모양**.

狋狋.의의 보는 모양. 개가 성난 모양.

狒狒'비비 원숭이의 한 가지.

狺狺.은은 개가 물어뜯는 소리. 또 그것을 짖는 모양.

猗猗.의의 아름답고 성한 모양. 길게 잇달은 모양.

猩猩.성성 중국에서 상상하는 짐승의 이름. 원숭이의 한 가지. 가장 인류에 가깝고 소리는 어린애의 울음소리와 같으며 사람의 말을 들을 줄 알고 또 술을 좋아한다고 함. 보르네오 등지에 사는 類人猿의 한 가지. 大 酒家의 별칭.

猶猶.유유 매우 의심이 많은 원숭이. 의심이 많은 사람이 무슨

일을 쉽게 결행하지 못하는 것. 진퇴가 빠르지도 늦지도 않은 그 중간의 모양.

獵獵'엽렵 바람 부는 모양. 또는 그 소리. 사물이 반대로 뒤집힘.

獷獷'광광 예의 풍속 등이 어지러워 난잡한 모양.

玄玄.현현 **심오한 모양**. 또는 **심오한 道**.

玲玲.영령 **구슬소리**. 맑고 산뜻한 모양. 빛나는 모양.

玼玼'차차 선명한 모양. 자자 옥빛이 고운 모양.

珊珊.산산 패옥의 소리. 또는 방울. 물, 비의 소리. 이슬의 맑고 깨끗한 모양.

琅琅.낭랑 쇠붙이나 구슬이 서로 부딪쳐 울리는 소리. **새가 지저귀는 맑은 소리**.

班班.반반 선명하고 뚜렷한 모양. 수레의 소리. 얼룩얼룩한 모양.

琭琭'녹록 구슬이 데굴데굴 구르는 모양.

琤琤.쟁쟁 맑은 물소리의 형용. 거문고 음색의 형용.

琰琰'염염 빛깔이 나는 모양.

瑟瑟'슬슬 **매우 쓸쓸함**. 적막함. **바람이 솔솔 부는 소리의 형용**.

瑣瑣'쇄쇄 자질구레하고 천한 모양. 피곤한 모양. 잘고 번거로움. 옥의 소리.

瑲瑲.창창 옥 또는 악기의 소리.

瑳瑳.'차차 옥 빛깔이 희고 고운 모양. 이가 드러나게 웃는 모양.

璀璀'최최 선명한 모양.

璜璜.황황 빛나는 모양. 성한 모양.

瓏瓏.농롱 선명한 모양. 옥 같은 것이 부딪쳐서 나는 소리.

甄甄'견견 작은 새가 나는 모양.

生生.생생 **만물이 끊임없이 생기는 모양**. 생기 있게 일어나는 모양. 힘차게 활동하여 향상하는 모양. 자기의 생에 집착하여 그 것을 살리려고 힘쓰는 모양.

甡甡.신신 많은 모양.

甫甫'보보 많은 모양. 큰 모양.

田田.전전 가슴을 치는 소리. **연 잎이 물위에 뜬 모양**. 어떤 물건이 연달아 있는 모양. 넘어질 듯한 모양.

由由.유유 스스로 만족하는 모양. 自得한 모양. 기뻐하는 모양. 주저함. 느긋한 모양. 浩然한 모양.

申申.신신 마음이 확 풀리고 화평한 모양. 거듭되는 모양. 가지런한 모양.

甸甸'전전 수레소리가 시끄러운 모양.

畇畇.균균 개간 땅의 평탄한 모양.

畜畜'축축 仁을 행하는 모양. 또는 사랑하고 근로하는 모양.

番番.번번 강한 모양. 용감한 모양. 번번히. 여러 번. 매번. 백발의 모양.

疊疊'첩첩 **쌓여 겹치는 모양**.

疏疏.소소 옷을 한껏 차려 입은 모양. 드문드문한 모양.

癢癢'양양 가려움. 마음에 지루함.

發發'발발 바람의 빠른 모양. **물고기의 뛰는 모양**.

的的'적적 명백한 모양.

皇皇.황황 아름답고 성한 모양.

皎皎'교교 매우 흰 모양. **빛나고 밝음 모양**.

皐皐.고고 완고하여 道理를 알지 못하는 모양. 사물을 잘 처리할 줄 모르는 모양.

皓皓'호호 **밝은 모양**. 새하얀 모양. 넓고 빈 모양. **강 또는 바다의 廣大한 모양**.

皚皚.애애 눈이나 서리가 흰 모양. 꽃이 아득히 희게 핀 모양.

皛皛'효효 선명한 모양. 또는 온통 흰 모양.

皞皞'호호 여유만만하고 침착한 모양.

皤皤.파파 머리털이 흰 모양. **구레나룻의 센 모양**. 풍족하게 많은 모양.

皭皭'작작 깨끗한 모양. 潔白한 모양.

盈盈.영영 **물이 가득한 모양**. 여자의 용태가 아담하고 고운 모양.

盎盎'앙앙 차서 넘치는 모양. 매우 많은 모양. 부드러워지는 모양. 풀어지는 모양.

盤盤.반반 구불구불 구부러진 모양.

盪盪.'탕탕 넓고 큰 모양. 법도가 문어진 모양. 넓고 빈 모양.

盱盱.우우 다급하여 보는 모양. **눈을 부릅뜨는 모양**.

盻盻'혜혜 힘쓰고 괴로워하는 모양. **원망스레 바라보는 모양**.

眄眄'면면 **곁눈질하는 모양**. 지혜가 없는 모양.

眇眇'묘묘 작은 것. 미소한 것. 먼 모양. 눈이 사랑스러운 모양.

眊眊'모모 어두운 모양.

看看.간간 보고 있는 동안. 점점. 잘 보는 모양.

眷眷'권권 알뜰히 돌보는 모양. 항상 마음속에 잊지 않고 있음. 戀慕함.

眽眽'맥맥 빗겨보는 모양. **흘겨보는 모양**.

睆睆'환환 궁극히 보는 모양. 훑어 보는 모양.

睊睊.견견 곁눈질하는 모양. **눈을 흘겨보며 원망하는 모양**.

睍睍'현현 슬쩍 봄. 눈을 가늘게 뜨고 봄.

睒睒'섬섬 번쩍번쩍 빛나는 모양.

睘睘.경경 의지할 떼 없는 모양. 외톨이.

睠睠'권권 돌아봄. 勤厚의 뜻.

睩睩'녹록 눈을 곱게 떠서 보는 모양.

睽睽.'규규 눈을 부릅뜨는 모양.

睾睾.고고 넓고 큰 모양.

瞀瞀'무무 눈이 어두워 잘 보이지 않는 모양. 눈을 내리깔고 조심하여 보는 모양.

瞑瞑.'명명 분명하지 않아 잘 알 수 없는 모양. 보아도 분명하지 않은 모양.

瞠瞠.당당 눈을 크게 뜨는 모양.

瞢瞢.몽몽 빛이 없는 모양. 어두운 모양.

瞿瞿.'구구 절제 하지 못하는 모양. 놀라고 침착하지 못하는 모양. 반성하고 조심하는 모양.

矇矇.몽몽 어두운 모양. 분명하지 않은 모양.

矍矍'확확 놀라고 당황하여 두리번거리는 모양.

矕矕'만만 오랫동안 봄. 지켜보는 것.

矗矗'촉촉 높이 솟은 모양.

矜矜.긍긍 堅强한 모양. 조심하여 자중하는 모양.

矞矞'율율 만물이 봄바람을 맞아 성장하는 모양.

短短'단단 짧은 모양.

矯矯'교교 날래고 사나운 모양. 높이 뛰어나는 모양.

砰砰.평평 **북소리.**

硜硜.갱갱 돌을 문지르는 소리. 옹색한 소인물의 모양.

硠硠.낭랑 **돌이 서로 부딪는 소리의 형용**. 굳은 모양.

碌碌'녹록 평범하여 쓸모가 없는 모양. 주관이 없이 추종하는 모양. **작은 돌의 모양**. 수레 소리.

磊磊'뇌뢰 **돌이 쌓여 있는 모양**. 性情이 뛰어난 모양.

磑磑'애애 굳고 단단한 모양. 흰 모양. 높이 쌓아 올리는 모양.

磔磔'책책 물건의 소리. **새의 날개 치는 소리**. 새의 지저귀는 소리.

磷磷.인린 玉石의 광택이 번쩍번쩍 비치는 모양. **물이 돌 사이를 흘러가는 모양.**

礚礚'개개 **수석이 서로 부딪치는 소리. 멀리서 들리는 물소리.**

礧礧'뇌뢰 돌이 큰 모양. **돌이 겹겹이 쌓인 무더기.**

祁祁.기기 조용한 모양. 많은 모양. 느린 모양.

祈祈'기기 비가 조용히 내리는 모양.

祚祚'조조 자손. 행복한 자손.

祛祛.거거 굳세고 튼튼함. 强健함.

秋秋.추추 나르려고 하는 모양. 鳳凰 等

秩秩'질질 물이 흐르는 모양. 겸손한 모양. 질서 정연한 모양. 맑은 모양. 아름다운 모양. 지혜가 있는 모양.

稍稍'초초 점점. **조금씩**.

稜稜.능릉 **몹시 추운 모양**. 모가 나고 바른 모양.

種種'종종 삼가는 모양. 머리털이 짧고 모지라진 모양. 물건의 가지가지. 가끔 가끔.

穀穀'곡곡 **새가 우는 소리의 형용**.

穆穆'목목 언어 동작이 아름답고 훌륭한 모양. 온화한 모양. 심오한 모양. 威儀가 넘치는 모양.

穗穗'수수 **잘 結實한 벼를 형용하는 말**.

穩穩'온온 편안한 모양.

穰穰'양양 곡물이 잘 결실한 모양. 풍족한 모양.

究究'구구 마워하는 모양. 사이가 좋지 않은 모양. 그치지 않는 모양.

空空.공공 **아무 것도 없이 비어있음**. 생각이 없음. 思慮가 없음. 우주만물은 실체가 없다는 이치를 깨닫고 아무 일에도 집착하지 않는 일. 缺字의 표시나 숨김표로 쓰이는 符號.

窈窈'요요 **아늑하고 조용한 모양**.

窕窕'조조 **그윽한 모양**.

窣窣'솔솔 쓸쓸한 바람소리를 형용하는 것.

竊竊'절절 조잘조잘하면서 아는 척 함. 소곤소곤 말하는 모양.

站站'참참 동안이 있게 이따금 쉬는 시간. 각 驛站.

童童.동동 왕성한 모양. 나무의 가지가 없는 모양.

竦竦'송송 높이 솟은 모양.

策策'책책 **나뭇잎이 떨어지는 소리**.

等等'등등 여러 것을 죽 들어 말할 때에 그 용어아래에 붙여서 무엇 무엇들의 뜻을 나타내는 말.

箇箇'개개 하나하나. 낱낱.

節節'절절 때때로. 가끔. 시가의 한 절 한 절. 이리저리. 뼈의 마디마디. 봉황이 우는 소리.

篇篇.편편 가볍게 오르는 모양.

簇簇'족족 빽빽하게 모인 모양.

簌簌'속속 무성한 모양.

簡簡'간간 북소리가 부드럽고 성한 모양.

籍籍'적적 난잡한 모양. 여러 사람의 입에 오르내리는 모양.

粥粥'죽죽 나약한 모양. 공경하여 두려워하는 모양.

粲粲'찬찬 빛이 울긋불긋하고 아름다운 모양. 얼굴이 환하고 아름다운 모양.

粼粼.인린 **물이 맑아 바닥의 돌이 보이는 모양**. 달빛이 맑은 모양.

糝糝'삼삼 어지럽게 흩어지는 모양.

糾糾'규규 서로 얽히는 모양.

納納'납납 물건을 포용함. 축축이 젖어드는 모양.

純純.순순 다른 마음이 없이 오로지 하는 모양. 성실한 모양.

紛紛.분분 꽃 따위가 흩어져 어지러운 모양. 일이 뒤얽혀 갈피를 잡을 수 없음.

紜紜.운운 사물이 번잡하고 어지러운 모양. 번잡스럽게 왕래하는 모양.

索索'삭삭 두려워하는 모양. 외롭고 쓸쓸하여 눈물 나는 모양. **소리의 형용. 바삭바삭**.

絞絞'교교 서로 연결된 모양.

絮絮'서서 망설이는 모양. 말이 많은 모양.

絲絲.사사 **봄 빗발의 가는 모양**.

綏綏.수수 편안한 모양. 나란히 가는 모양. 비나 눈이 내리는 모양. 왕성한 모양.

綴綴'철철 서로 연결된 모양. 연속되어 떨어지지 아니한 모양.

綽綽'작작 침착하고 여유가 있는 모양.

綿綿.면면 오래 계속하여 끊어지지 않는 모양. **속속들이 자상함**. 편안 하고 조용한 모양. 아득한 모양.

緌緌.유유 드리운 모양. 갓끈이 늘어진 모양.

緝緝'집집 말이 많은 모양.

緩緩'완완 느릿느릿한 모양.

縰縰'쇄쇄 물건이 많은 모양.

縱縱'종종 급히 서두르는 모양.

縵縵.만만 **구름 같은 것이 옆으로 길게 퍼지는 모양**. 교화가

널리 미치는 모양. 생사를 같이 하는 모양. 완만한 모양.

縹縹' 표표 높이 떠오르는 모양. 펄럭이는 모양.

繇繇. 요요 유유히 가는 모양.

繞繞' 요요 **이리 돌리고 저리 돌려서 서로 얽힌 모양**.

繩繩. 승승 많은 모양. **끊어지지 않고 계속되는 모양**. 삼가고 경계하는 모양.

繹繹' 역역 잘 달리는 모양. 성한 모양. 왕성한 모양. 잘 조화된 모양. 끊어지지 않는 모양. 빛나는 모양.

繽繽. 빈빈 많은 모양. 얽혀서 어지러운 모양.

續續' 속속 **연달아 나오는 것**.

纍纍' 유류 뜻을 얻지 못함. 자기가 지망하는 바를 이루지 못함. 피곤한 모양. 서로 잇닿은 모양. 겹쳐 쌓이는 모양.

纖纖. 섬섬 세미한 모양. 끝이 뾰족하고 날카로운 모양. **연약하고 가냘픈 모양**.

缺缺' 결결 **모자라는 모양**.

罔罔' 망망 마음이 황홀한 모양. 정신이 흐리멍덩한 모양. 피곤하여 지친모양.

罩罩' 조조 물고기가 떼를 지어 노는 모양. 물고기를 잡는 가리.

翁翁. 옹옹 祖父. 창백한 모양.

翅翅' 시시 **나는 모양**.

翊翊' 익익 조심하는 모양. 근신하는 모양.

翏翏'요료 멀리서 불어오는 바람 소리.

習習'습습 **봄바람이 부드럽게 부는 모양**. 날아 움직이는 모양. 어떤 곳으로 가는 모양. 성대한 모양.

翔翔.상상 공경하는 모양. 편안하여 속박되지 않는 모양. 근심이 없는 모양.

翕翕'흡흡 성한 모양.

翛翛.소소 새의 날개가 찢긴 모양.

翣翣'삽삽 깃으로 만든 부채.

翦翦'전전 말을 잘 하는 모양.

翩翩.편편 새가 빨리 나는 모양. 침착하지 못한 모양. 왕래하는 모양. 궁전이 웅장한 모양. 스스로 만족하여 우쭐거리는 모양. 재능과 지혜가 뛰어난 모양. 눈물이 뚝뚝 떨어지는 모양. **筆勢가 輕妙한 모양**.

翬翬.휘휘 새가 날개 치는 소리. 퍼드덕 퍼드덕 하는 소리.

翳翳.예예 해가 기우러져서 어둑어둑한 모양. **해질녘의 광경**. 숨겨져서 알기 어려운 모양. 또는 어두운 모양.

翹翹.교교 높은 모양. 혹은 많은 모양. 위태로운 모양. 먼 모양. 긴 모양. 남보다 뛰어난 모양.

翺翺.고고 **새가 높이 나는 모양**.

翻翻.번번 **펄럭이는 모양**. 나는 모양.

翼翼'익익 壯健한 모양. 정돈된 모양. 공경하고 삼가는 모양. 날아 올라가는 모양. 여유가 있는 모양. 부드럽게 하는 모양. 웅장한 모양. 아름다운 모양. 익숙해진 모양.

翾翾. 현현 약간 나는 모양.

燿燿' 요요 **빛나는 모양.**

考考' 고고 **북을 치는 소리.**

耘耘. 운운 아주 성한 모양.

耳耳' 이이 매우 성한 모양. 또는 유순하게 좇는 모양. 이러이러하고 저러저러함. 분명한 모양.

耽耽. 탐탐 깊숙한 모양. 수목이 겹겹이 쌓여 무성한 모양. **야심을 가지고 잔뜩 노리어보는 모양.**

聊聊' 유유 고요한 모양.

聒聒' 괄괄 어리석은 모양. 시끄러운 모양.

聯聯. 연련 서로 이어져 끊어지지 않은 모양.

聵聵' 외외 무지한 모양. 사람의 도리를 모르는 모양.

聶聶' 섭섭 나뭇잎이 움직이는 모양.

職職' 직직 번다한 모양.

肅肅' 숙숙 삼가는 모양. **고요한 모양. 엄숙한 모양.** 급한 모양.

肩肩. 견견 여위고 작은 모양.

肫肫. 순순 정성스러운 모양.

育育' 육육 활발한 모양.

肺肺' 폐폐 성하게 우거진 모양.

脈脈' 맥맥 일관하여 쭉 이어져서 끊어지지 않는 모양. **서로 정을 품고 바라보는 모양.**

脊脊' 척척 어지러운 모양. 서로 발로 밟는 모양.

脛脛' 경경 쪽 곧은 모양.

脡脡' 정정 쪽 곧은 모양.

腜腜. 매매 살찐 모양. 아름다운 모양.

膊膊' 박박 **닭의 회치는 소리**.

膠膠. 교교 화하는 모양. **닭소리**. 요란스러운 소리.

膨膨' 팽팽 **한껏 부풀어 띵띵하게 됨**.

膴膴. 무무 땅이 기름저서 아름다운 모양.

臨臨. 임림 커다란 모양.

舒舒. 서서 느린 모양. 천천히 하는 모양.

與與' 여여 초목이 무성한 모양. 거동이 의젓하고 여유가 있는 모양. 오가는 모영.

般般. 반반 **얼룩덜룩한 모양**.

色色' 색색 여러 가지.

艶艶' 염염 **윤이 흐르는 모양**. 비치는 모양.

芊芊. 천천 풀이 무성한 모양. 색이 푸른 모양.

芒芒. 망망 피곤한 모양. 넓은 모양. 정신을 잃어 어리둥절한 모양. 茫然自失. 많은 모양. 큰 모양. 먼 모양.

芬芬. 분분 **향기가 높은 모양**. 어지러운 모양.

芮芮' 예예 **풀의 싹이 나서 자라는 모양**.

芸芸. 운운 왕성한 모양. 많은 모양. 꽃빛이 누른 모양.

苒苒' 염염 풀이 우거진 모양. 가볍고 가냘픈 모양. 앞으로 나아가는 모양.

苕苕. 초초 높은 모양.

蒑蒑. 민민 많은 모양.

若若' 약약 성한 모양. 길게 늘어지는 모양.

苦苦' 고고 三苦의 하나로 因緣에서 받는 괴로움.

苨苨' 이니 초목이 매우 욱어진 모양.

英英. 영영 구름이 아름답고 밝은 모양. 아름다운 모양.

苾苾' 필필 향기로운 모양.

茀茀' 불불 풀이 무성한 모양. 戰車 따위가 强盛한 모양.

茫茫. 망망 흐리멍덩하고 똑똑하지 못한 모양. 넓고 먼 모양. 지쳐 피곤한 모양.

兹兹. 자자 增殖하는 모양.

茷茷' 패패 법도가 갖추어 있음.

茸茸.' 용용 풀이 무성한 모양.

草草' 초초 분주한 모양. 걱정하는 일. 근심하는 모양.

荒荒. 황황 어둠침침한 모양.

荷荷. 하하 한탄하거나 성내는 소리의 형용.

莊莊. 장장 성한 모양.

莓莓. 매매 풀이 무성한 모양. 美田.

莘莘. 신신 많은 모양.

莫莫' 막막 초목이 무성한 모양. 조용한 모양. 먼지가 일어나는 모양.

莽莽. 망망 풀이 욱어진 모양. 넓고 넓은 모양.

菁菁. 청청 초목이 무성한 모양.

菫菫' 근근 적음.

菲菲.비비 꽃이 아름다운 모양. 또는 풀이 무성한 모양. 어지럽게 뒤섞인 모양. 높고 낮음이 정해 있지 않은 모양.

萋萋.처처 초목이 무성한 모양. **구름이 뭉게뭉게 떠가는 모양**. 힘을 다하는 모양.

萬萬'만만 일억. **많은 수**. 절대로.

落落'낙락 **축 늘어져 있는 모양**. 여기저기 떨어져 있음. 뜻하는 바가 크고 뛰어남.

葆葆'보보 풀이 욱어진 모양.

葱葱.총총 **나무 숲이 무성한 모양**.

蒙蒙.몽몽 성한 모양. 어두운 모양.

蒨蒨'천천 선명한 모양. 풀이 무성한 모양.

蒸蒸.증증 나아가는 모양. 향상하는 모양.

蒼蒼.창창 사물이 오래 된 모양. **머리가 센 모양**. **초목이 시퍼렇게 무성한 모양**. 맑게 개인 하늘의 빛. 달의 푸르고 흰 색. 늙은 모양.

蓑蓑.사사 꽃술이 드리워진 모양.

蓬蓬.봉봉 왕성한 모양. 바람이 부는 모양.

蔌蔌'속속 더러움. 바람소리가 억세고 빠른 모양. 꽃이 떨어지는 모양. 액체가 흐르는 모양.

蔓蔓'만만 長久함. 살피기 어려운 일.

蔣蔣.장장 빛이 반짝이며 비치는 모양. 光芒이 멀리까지 이르는 모양.

蔥蔥.총총 **초목이 푸르게 욱어져 있는 모양**.

蔪蔪'점점 초목이 무성한 모양.

蕊蕊'예예 **무성하게 난 풀. 풀숲.**

蕩蕩'탕탕 광대한 모양. 물결이 크고 힘찬 모양. 법률' 제도 따위가 무질서한 모양. 혼란한 모양. 마음이 정하여지지 않는 모양.

蕪蕪.무무 초목이 무성한 모양.

蕭蕭.소소 **쓸쓸한 모양**. 말의 울음. **찬 바람소리**.

薄薄'박박 광대한 모양. 수레가 빨리 달리는 소리의 형용. 엷은 모양.

薆薆'애애 은은한 모양.

薰薰.훈훈 **온난한 것**.

薿薿'의의 곡식이 무성한 모양.

藉藉'자자 어지럽고 무질서한 모양. **떠들썩하게 지껄이는 모양**.

藏藏.장장 무성한 모양.

藹藹'애애 왕성하고 많은 모양. 초목이 무성한 모양. **달빛이 어슴푸레한 모양**. 힘을 다하는 모양. 화기가 있는 모양. 향기가 나는 모양.

蘇蘇.소소 두려워 불안한 모양.

蘊蘊'온온 모이는 모양. 무더운 모양.

虔虔.건건 **항상 삼가는 모양**.

處處'처처 곳곳. 處所.

虺虺'훼훼 雷聲.

蚩蚩.치치 어리석은 모양. 무지함. 인정이 두터운 모양. 어지럽게 얽힌 모양.

蛩蛩.공공 근심하는 모양. 걱정스럽게 생각하는 모양.

蜎蜎.연연 **장구벌레의 꿈지럭거리며 기는 모양**.

蠲蜵.연연 전각 등이 깊숙하고 넓음.

融融.융융 화평한 기운. 화평하게 즐기는 모양.

螾螾'인인 꿈틀거리며 나오는 모양.

蟄蟄'칩칩 사이좋게 모이는 모양.

蟲蟲'충충 몹시 더운 모양.

蠅蠅.승승 **벌레가 이리저리 돌아다니며 놀고 있는 모양**.

蠕蠕'연연 **벌레가 기어가는 모양**. 구물거리는 모양.

蠢蠢'준준 **벌레의 꿈틀거리는 모양. 예의를 모르는 모양**. 물건이 많은 모양.

行行.항항 강한 모양. 강건한 모양. 길 도중에서 같은 곳을 오고가고 하여 앞으로 나아가지 아나하는 것. 머뭇거리며 걷는 모양.

衎衎'간간 화락하는 모양. 화락한 모양. 강직한 모양. 강하고 민첩한 모양.

衝衝.'충충 걷는 모양. 많은 모양. 마음이 조급하고 침착하지 못함.

表表'표표 **이상하게도 쑥 두드러져 눈에 띄는 모양**. 훨씬 뛰어나게 나타나는 모양.

衮衮'곤곤 간곡히 설명함. 큰물이 출렁거리며 끝없이 흐르는 모양. 뒤 이어 끝없이 연속하는 모양.

裊裊'요뇨 바람에 나무가 간들거리는 모양. 소리가 연달아 들리는 모양. 칭칭 휘감기는 모양.

裔裔'예예 걸어가는 모양. 물살이 빠른 모양.

裳裳.상상 화려한 모양. 성한 모양.

裵裵.배배 옷이 긴 모양.

襜襜.첨첨 옷이 아름다운 모양. 휘장이나 치마 자락이 너울거리는 모양.

覃覃.담담 벋고 펴는 모양.

親親.친친 어버이를 섬김. 친척을 친애함. 마땅히 친해야 할 사람과 친함.

言言.언언 높고 큰 모양. 말 한 마디 한 마디. 온화하고 삼가는 모양.

訑訑.이이 **스스로 만족하여 자랑하며 남의 말을 받아들이지 않는 모양.**

訾訾'자자 헐뜯는 모양. 나쁘게 말하는 모양.

詵詵.선선 많은 모양. 좇아 모여드는 모양.

詹詹.첨첨 수다스러운 모양. 말을 많이 하는 모양.

誻誻'답답 수다스러운 모양. 잔말이 많은 모양.

誾誾.은은 화기 속에 옳고 그름을 말하는 모양. 온화하고 삼가는 모양.

諄諄.순순 거듭 일러 친절히 갈치는 모양. 성실하고 삼가는 모양. 도움.

諓諓.전전 교묘하게 헐뜯는 모양. 또는 아첨하는 말. 말이 천박함.

諜諜'첩첩 말을 많이 하는 모양. 수다스러운 모양.

諰諰'시시 두려운 모양.

諾諾'낙낙 예예 하면서 오로지 남이 말하는 대로 순종하는 모양.

謇謇'건건 직언하는 모양. 바른 말 하는 모양. 몹시 괴로워하는 모양.

謖謖'속속 우뚝한 모양의 형용. **松風의 형용**.

謙謙.겸겸 겸손하고 공경하는 모양.

譙譙.초초 새 깃이 모자라진 모양.

警警'경경 불안스러운 모양.

豨豨.'희희 되지가 달리는 모양.

負負'부부 깊이 부끄러워 함.

貿貿'무무 눈이 흐릿한 모양. **무식하여 예절에 어두워 언행이 서툴음**.

赫赫'혁혁 빛나는 모양. 크게 나타나는 모양. 형세가 성한 모양. 가뭄이 심한 모양. 몹시 볕이 쬐어 더운 것.

越越'월월 쉬운 모양. 輕易한 모양.

趨趨'촉촉 빨리 가는 모양.

跂跂.기기 **벌레 따위가 기어가는 모양**.

踆踆.준준 큰 참새의 모양. 또는 참새가 뛰어다니는 모양. 기린의 모양. 주저하는 모양.

踏踏'답답 말발굽 소리.

踖踖'적적 부끄러워하는 모양.

踥踥'첩첩 나아가는 모양. 왕래하는 모양.

踧踧'척척 도로가 편편한 모양.

踳踳'준준 失意한 모양. 희망을 잃은 모양.

蹀蹀'접접 살살 가는 모양. 흩어져 가는 모양.

蹇蹇'건건 **괴로워하며 신고하는 모양**. 충성을 다하는 모양.

蹌蹌.창창 다니는 모양. 움직이는 모양. 威嚴 있는 모양. 춤추는 모양.

蹙蹙'축축 좁혀지는 모양. 쭈그러드는 모양.

蹜蹜'축축 종종걸음으로 걷는 모양.

蹡蹡.장장 달리는 모양. 총총걸음을 침. 威儀를 갖춤.

蹲蹲'준준 춤추는 모양. 단정한 걸음걸이.

蹴蹴'축축 마음이 침착하지 못한 모양. 마음이 불안한 모양.

蹻蹻'교교 씩씩한 모양. 武勇스러운 모양. 세찬 모양. 강성한 모양. 소인이 뽐내고 교만한 모양.

躍躍'약약 마음이 뛰어서 진정하지 못하는 모양. 좋아서 겅둥겅둥 뛰는 모양. 벌떡 뛰며 재빠른 모양. 빨리 달리는 모양.

軒軒.헌헌 춤추는 모양. 자득한 모양.

軋軋'알알 수레가 움직일 때 배의 노를 저을 때, 베를 짤 때의 삐걱거리는 소리. 어떤 것이 무더기로 나는 모양.

軫軫'진진 사물이 왕성한 모양.

輕輕.경경 **아주 경솔함**. 업신여기는 모양.

輯輯'집집 **온화하게 바람이 부는 모양.**

轉轉'전전 다음에서 다음으로 바뀌어 변하여가는 모양. 점점. 차차. 여기저기 굴러다니는 모양.

轔轔.인린 수레의 삐드득삐드득 하는 소리.

轞轞'함함 수레소리.

轟轟.굉굉 **털털거리는 소리의 형용. 시끄러운 소리.** 성대한 모양.

轠轠.뇌로 잇닫는 모양. 끊기지 않는 모양.

近近'근근 近日.

迢迢.초초 높은 모양. 까마득한 모양.

迤迤'이이 잇따른 모양. 비스듬히 뻗은 모양.

迵迵.'동동 通하는 모양.

逐逐'축축 기어이 하려고 기를 쓰는 모양. 독실한 모양.

逢逢.봉봉 **북치는 소리의 형용.** 구름이나 연기가 일어나는 형용.

連連.연련 연결하여 끊이지 않는 모양. 조용한 모양.

逯逯'녹록 걸음을 삼가는 모양. 수가 많음. 凡庸한 일.

逮逮'체체 편안하고 온화한 모양.

逴逴'탁탁 거리가 먼 모양.

逸逸'일일 오고 가는 것이 차례가 있는 것.

遂遂'수수 수행하는 모양. 사물이 성하게 일어나는 모양.

遑遑.황황 **마음이 몹시 급하여 허둥지둥 하는 모양.** 바쁜 모양.

遙遙.요요 **멀고도 아득한 모양.** 마음이 불안한 모양. 가는 모양.

遲遲.지지 더디고 더딤. 천천히 걸어가는 모양. 해가 길어 느리고 한가한 모양. 조용하여 급박하지 않는 모양. 일의 進陟이 더딘 모양.

遼遼. 요료 멀고 먼 모양. 쓸쓸한 모양.

邁邁' 매매 즐거워하지 않는 모양. 돌보지 않는 모양.

邈邈' 막막 먼 모양. **근심하고 괴로워하는 모양**.

邐邐' 이리 잇닿은 모양.

邑邑' 읍읍 마음이 답답하여 편하지 않음. 미약한 모양. 마음이 잇닿아 있는 모양.

邴邴' 병병 즐거워하는 모양.

郁郁' 욱욱 성한 모양. 문물이 성하고 빛나는 모양. 무늬가 찬란한 모양. **향기가 성하게 나는 모양**.

鄂鄂' 악악 엄격하게 말하는 모양. 기탄없이 직언하는 모양. 말이 많은 모양. 시끄러운 모양.

酖酖. 탐탐 **술을 마시고 즐김**. 또는 즐기는 모양. 경치나 꽃이 매우 아름다운 모양. **야심을 가지고 잔뜩 노리는 모양**.

酣酣. 감감 봄 날씨가 화창한 모양. 또는 꽃이 만발한 모양. **술을 마시고 기분 좋은 모양**.

醇醇. 순순 순후하고 친절한 모양. **순박하고 인정이 두터움**.

醺醺. 훈훈 **술에 취하여 기분이 좋은 모양**.

采采' 채채 **많이 캠**. 여러 번 채취함. 성한 모양. 많은 모양. 화려하게 장식함. 여러 가지 일.

重重. 중중 같은 것이 겹쳐지는 모양. 마음속에 깊이 생각함.

鈴鈴. 영령 방울소리. 震動하는 소리.

錚錚. 쟁쟁 쇠붙이의 소리. 강직하고 아첨하지 않는 사람.

鍠鍠. 굉굉 종과 북소리의 형용.

鎗鎗. 쟁쟁 종소리.

鎬鎬' 호호 빛이 빛나는 모양.

鏜鏜. 당당 동라 또는 북소리. 큰소리.

鐺鐺. 당당 쇠에서 나는 소리의 형용.

鑠鑠' 삭삭 번쩍거리는 모양. 빛이 번쩍거리고 밝은 모양.

鑣鑣. 표표 성한 모양.

鑿鑿' 착착 말이 조리에 맞음. 선명한 모양.

長長. 장장 매우 긴 모양. 긴 동안

閃閃' 섬섬 **움직여 번쩍이는 모양**.

閎閎. 굉굉 큰 소리의 형용. 풍부하고 아름다운 모양.

閑閑. 한한 수레가 흔들리는 모양. 남녀의 구별이 없이 왕래하는 모양. 여유 있게 왕래하는 모양. 넓고 큰 모양. 조용하고 침착한 모양.

閔閔. '민민 깊이 걱정하는 모양.

閣閣' 각각 꼿꼿한 모양. **개구리의 우는 모양**. 문 따위를 두드리는 소리.

闐闐. 전전 성한 모양. 떼를 지어 가는 모양. 북소리. 車馬의 소리. 우는 소리.

關關. 관관 **새가 화창하게 우는 소리**.

闞闞' 함함 범 같은 짐승의 성난 소리.

陣陣'진진 끊어졌다 다시 계속하는 모양.

陰陰.음음 어둠침침하고 쓸쓸한 모양. **날씨가 흐리어 있는 모양. 나무가 우거져 침침한 모양.**

陶陶.'도도 말을 달리게 하는 모양. 화락하게 즐기는 모양. 줄을 지어 같이 따라 감. 긴 모양. 물 또는 양기가 성한 모양.

陸陸'육륙 우물쭈물하는 모양. 평범한 모양.

陽陽.양양 선명한 모양. 만족한 모양. **문채가 찬란한 모양.**

隆隆.융륭 힘이 성한 모양. 소리가 큰 모양. 雨雷 소리.

隣隣.인린 수레가 굴러가는 소리. 많이 모여 따르는 모양.

隱隱'은은 가리워져 있는 모양. 걱정하는 모양. 큰 소리. 우레 같이 울리는 모양. 희미하여 분명하지 않는 모양.

雍雍.옹옹 온화한 모양.

離離.이리 사이가 벌어져 친하지 않는 모양. 이삭이 쭉쭉 길게 벋어 숙어진 모양. 헝클어져 어지러운 모양. 초목 과일들이 무성하게 늘어진 모양. 구름이 길게 이어진 모양. 나란히 이어진 모양. 여럿의 구별이 또렷한 모양.

雕雕.조조 밝은 모양.

雙雙.쌍쌍 새의 이름. 두 새가 어제나 짝지어 날며 서로 떨어지지 않기 때문에 이름. 괴수의 이름. **둘씩. 한 쌍씩.**

雝雝.옹옹 화락함.

雰雰.분분 **눈이 내리는 모양.** 또는 서리의 모양. **비가 어지러**

이 오는 모양.

震震'진진 **천둥이 심하여 흔들리고 울리는 모양.** 빛이 휘황하고 밝은 모양. 번화하고 화려한 모양.

霍霍'곽곽 칼날이 번쩍이는 모양.

霏霏.비비 **비나 눈이 몹시 내리는 모양.** 구름이 나는 모양. **서리가 되게 내린 모양.** 풀이 무성한 모양. **번개가 번쩍이는 모양.** 이야기가 길게 이어지는 모양.

霖霖.임림 **오래도록 비가 내리어 그치지 않는 모양.**

靃靃'확확 가느다란 모양. 자잘한 모양.

靄靄'애애 구름이나 안개가 길게 뻗치는 모양. **노을'아지랑이 등이 끼는 모양. 화기가 가득 낀 모양.**

靚靚'정정 단장함. 화장함.

非非.비비 나쁜 것을 나쁘다고 함. 올바른 비판을 함.

靡靡.'미미 휩쓸려서 따르는 모양. 복종하는 모양. 천천히 걷는 모양. 걸음이 더딘 모양. 소리가 가늘고 아름다운 모양.

面面'면면 여러 면. 여러 얼굴.

鞅鞅'앙앙 **마음이 즐겁지 않는 모양.** 만족하지 않는 모양.

鞏鞏'공공 어떤 일에 마음이 이끌리는 모양. 拘攣의 모양.

鞙鞙'현현 佩玉의 아름다운 모양.

韡韡'위위 꽃이 활짝 핀 모양. 빛나고 밝은 모양.

頎頎.기기 헌칠한 모양.

額額'액액 쉬지 않고 못된 짓을 하는 모양.

頻頻. 빈빈 **잇달아 잦음**. 頻繁.

顒顒. 옹옹 온전하고 깊이 삼감. 물결이 높은 모양.

顓顓. 전전 사소함. **區區**함.

顚顚. 전전 근심하여 힘없는 모양. 한결같은 모양. 어리석은 모양.

顥顥' 호호 하늘이 희게 빛나는 모양. 원기가 **博大**한 모양.

顯顯' 현현 명백한 모양. **明明白白**.

颬颬. 하하 입 벌리고 숨 내쉬는 모양.

颭颭' 점점 흔들리는 모양. 바람에 물건이 펄렁거리는 모양.

颯颯' 삽삽 **빗소리. 가볍고 시원스럽게 부는 바람 소리**. 또는 그 모양.

颲颲' 열렬 바람이 거세게 부는 형용.

颸颸. 시시 바람이 시원스럽게 부는 모양.

颺颺' 양양 **펄렁거리는 모양**. 바람에 날리어 공중으로 올라가는 모양.

颼颼. 수수 바람소리의 형용. 빗소리. 썰렁한 모양. 추워하는 모양.

颾颾. 소소 바람소리.

颿颿' 범범 말이 달리는 모양. 바람을 받아 배가 물 위를 달리는 모양.

飂飂. 요료 바람이 높이 불어 올라가는 모양.

飄飄. 표표 **정처 없이 떠도는 모양**. 바람에 가볍게 나부끼는 모양. 훌쩍 떠나거나 오는 모양. 일정한 거소 없이 왔다 갔다 하는 모양. **세상일에 구애하지 않는 모양.**

飀飀. 유류 바람소리. 바람이 부는 모양.

飶飶' 필필 **음식 냄새. 향기로움.**

養養' 양양 근심하는 모양.

饕饕' 철철 음식과 재물을 탐내는 것. 욕심을 내는 것.

馥馥' 복복 향기 높은 모양.

馮馮. 빙빙 단단한 소리의 형용. 다지는 소리. 맑고 성한 모양. 無形의 형용. 말이 빨리 달리는 모양.

駉駉. 경경 말이 살찌고 큰 모양.

駓駓. 비비 달리는 모양.

駪駪. 신신 떼 지어 많이 있는 모양.

駸駸. 침침 말이 쏜살같이 달리는 모양. 거침없이. 마구. 사태의 급속함을 뜻하기도 함.

騂騂. 성성 활이 조화된 모양.

騏騏. 기기 썩 빨리 달리는 말.

騑騑. 비비 말이 쉬지 않고 달리는 모양.

騤騤. 규규 强壯한 모양. 말이 강성한 모양.

騫騫. 건건 가볍고 방자한 모양. 나는 모양.

騯騯. 팽팽 말이 가는 모양. 또는 盛況 함.

騷騷. 소소 급히 서두는 모양. 바쁜 모양. **바람소리의 형용.**

驍驍. 효효 살찌고 성한 모양. 용감히 나아가는 모양.

驒驒. 탄탄 말이 지쳐서 헐떡임.

驕驕. 교교 성한 모양. **교만과 自負.**

驛驛'역역 싹이 나는 모양. 성한 모양.

鬱鬱'울울 뜻대로 되지 않아 기분이 우울한 모양. 불평이 가득 찬 모양. 수목이 빽빽하게 우거진 모양. 기운이 왕성하게 오르는 모양.

魏魏.위위 높고 큰 모양.

鱍鱍'발발 **물고기의 헤엄치는 모습**. =潑潑

鱗鱗.린린 **바람이 불어 물의 파문이 비늘 같음을 형용한 말**. 비늘과 같이 선명하고 아름다운 모양.

鶴鶴'학학 깃털의 흰 모양.

麟麟.린린 빛나는 모양. 밝은 모양.

默默'묵묵 **말없이 잠잠함**. 공허한 모양. 허무한 모양. 마음에 차지 않는 모양.

黝黝'유유 거무칙칙한 모양. 나무가 우거져서 어둑컴컴한 모양.

點點'점점 물방울이 떨어지는 모양. 여기저기 흩어져 있는 모양.

黮黮'담담 구름 따위의 거뭇거뭇한 모양.

黲黲'참참 엷은 흑색. 일에 실패한 때의 안색.

鼎鼎'정정 느린 모양. 몸이 느즈러진 모양. 성대한 모양. 세월이 빠른 모양.

齁齁.후후 **코고는 소리의 형용**.

齊齊'제제 공경하고 삼가는 모양. 가지런히 정돈함.

齒齒'치치 흰 돌 같은 것이 줄지어 있는 모양.

齗齗.은은 논쟁하는 모양. 성이 나서 미워하는 모양.

齦齦'간간 **살짝 웃어 보이는 모양**. 또는 恭讓한 모습.

常山漢詩選

常山漢詩集 "山徑萬里"의 一部와 近作詩 一部

차 례

平仄譜

一三不論・二四不同 二六對

平起

平平仄仄仄平韻
仄仄平平仄仄韻
仄仄平平平仄仄
平平仄仄仄平韻

平平仄仄平平仄
仄仄平平仄仄韻
仄仄平平平仄仄
平平仄仄仄平韻

仄起

仄仄平平仄仄韻
平平仄仄仄平韻
平平仄仄平平仄
仄仄平平仄仄韻

仄仄平平平仄仄
平平仄仄仄平韻
平平仄仄平平仄
仄仄平平仄仄韻

迷路 미로

1982년 11월 壬戌晩秋
(조령산 하산 길에서 낙엽이 덮인 산길을 헤매다.)

荻花幽徑跳 적화유경도
落葉隱蹊迷 낙엽은혜미
鳥嶺禽無語 조령금무어
忽聞犬遠嘶 홀문견원시

미로

억새꽃 숲길을 넘었다 싶었는데
낙엽 덮인 산길이라 길을 그만 잃었네
새재에 새소리도 끊긴 적막공산에
문득 아스라이 들려오는 개짓는 소리가.

鼓浪嶼 菽莊花苑 고랑서 숙장화원

2004년 10월 11일 甲申季秋
(中國福建省 厦門市立博物館. 一名 피아노섬에서
第8屆 國際刻字藝術交流展에 出品參加次)

鋼琴搜聚嶼 강금수취서
峭壁散波荒 초벽산파황
水鳥來啼去 수조래제거
風塵擯斥彰 풍진빈척창

고랑서 숙장화원

피아노만 모아 논 섬
파도는 벼랑에 거칠게 부서진다
왔다가는 울고 가는 물새
속세를 물리치고 밝게 있는 곳에.

仲秋 龍門山 중추 용문산

1981년 10월 3일 辛酉仲秋
(딸과 함께 용문산 등산길에서)

靈樹萬枝黃染浸 영수만지황염침
滿園銀杏嗜貪心 만원은행기탐심
石溪蹇踏清泉飮 석계건답청천음
藤果覓求自嘯吟 등과멱구자소음

중추 용문산

천년영목 은행수가 노랗게 물들어
그득한 은행 알을 따고픈 마음
서덜길을 절름절름 샘물 마시다가
산 다래 찾고서야 휘파람이 저절로.

小白山 朱木團地 소백산 주목단지

1982년 5월 壬戌孟夏
(소백산 정상에 광활하게 자생한 천년 주목단지 속을 헤치면서)

山頂幽冥怪樹充 산정유명괴수충
千年忍苦欲無窮 천년인고욕무궁
紫林到處隨陰鬼 자림도처수음귀
閻路流雲緩溟穹 염로유운완명궁

소백산 주목단지

산마루에 깊숙이 괴이한 하 많은 나무숲
천년의 인고에도 끝없이 살자하네
붉은 숲 여기저기 도깨비가 따르는
저승구름 느릿느릿 어둔 하늘에 흐른다.

金山寺 路中 금산사 노중

1987년 4월 丁卯仲春
(전북김제의 금산사로 가는 도중의 고개마을에서)

生芽溪畔杜鵑花 생아계반두견화
耕耒田夫站食奢 경뢰전부참식사
鼻舐犬公眈吝主 비지견공탐린주
噤包牛使恨瞋哇 금포우사한진와

금산사 가는 길에서

새싹 돋은 시냇가에 진달래 피고
봄갈이 농부의 푸짐한 새참
개는 코 핥으며 주인만 노려보고
소는 입 싸맨 채 한 맺힌 눈 부릅뜬다.

黃山 光明頂 日出 황산 광명정 일출

2009년 4월 18일 己巳暮春
(中國 黃山 光明頂 白雲賓館에서 一泊하고 頂上에서 日出을 보다.)

曉頭曙色欲峰全 효두서색욕봉전
一帶眞紅滿染天 일대진홍만염천
萬丈素巖根著竪 만장소암근착수
千年松韻碧尤然 천년송운벽우연

황산 광명정 일출

새벽빛이 암봉을 훤히 비치려더니
한 줄기 붉은 기운 하늘가득 물들인다
만길 흰 바위에 뿌리박고 서있는
천년의 솔 소리로 더욱더 푸르구나.

秋夕 千佛洞 兩瀑溪 추석 천불동 양폭계

1985년 9월 29일 乙丑秋夕節
(설악산 만경대 하산 길. 딸 여선과 벗 솔재와 함께)

晩暉霞彩彼峯藏 만휘하채피봉장
峻嶺茂林皎皎彰 준령무림교교창
汲月流泉炊飯嗜 급월유천취반기
波光淫溢玩姮觴 파광음일완항상
笑談父女嬉勞愈 소담부녀희로유
才辯山朋盡夜康 재변산붕진야강
惜白殘星照幽徑 석백잔성조유경
晨風途次欲踉爽 신풍도차욕랑상

추석날의 천불동 양폭계곡

낙조도 노을도 저 산 넘어 지더니만
준령 숲에 떠오르는 교교한 달빛
흐르는 냇물속의 달을 떠서 밥 짓고
부서지는 달 조각을 잔에 띠워 즐긴다

아비는 딸과 담소하며 피로를 풀고
말씨 좋은 산 벗은 밤새는 줄 모른다
이 하얀 달 아꼈다가 남은별과 함께하여
새벽바람 맞으며 가는 발길 비추리.

智異山 天王峰 日出 지리산 천왕봉 일출

1989년 1월 9일 己巳歲首
(어둔 새벽 산행으로 천왕봉에서 일출과 운해를 보다.)

臨登峰頂曙黎靈 임등봉정서여령
暫隙曚明減耗星 잠극몽명감모성
萬里雲濤輝射矎 만리운도휘사현
千山浮嶼碧沈溟 천산부서벽침명
風寒夜霧濃凝結 풍한야무농응결
樹凍化燈映自玲 수동화등영자령
天照朝陽添雪白 천조조양첨설백
乾坤太始念魂寧 건곤태시염혼영

지리산 천왕봉 일출

새벽어둠 타고 영산마루에 올랐더니
잠깐 사이 날이 새며 별빛 사라진다
눈부신 햇빛은 광활한 구름파도위에
산들은 잠기고 푸른 섬들만 떠있네

간밤의 풍한 속에 짙은 안개 서려서
나무에 엉겨 등불 되어 반짝인다
아침볕 내려쏘아 내린 눈빛 더욱 희여
하늘땅이 열리는 태초를 생각는다.

邊山 彩石江 落照 변산 채석강 낙조

1991년 10월 3일 辛未仲秋節
(변산 채석강 넓은 바위에 딸 여선과 함께)

滄茫大海盞傾希 창망대해잔경희
醉氣朦朧女息依 취기몽롱여식의
盤岸浪花殘日散 반안낭화잔일산
霞光哀咽白鷗飛 하광애열백구비
薄雲紫染秋天蓋 박운자염추천개
碧水黃金遠近輝 벽수황금원근휘
萬里玄波漸減晃 만리현파점감황
孤舟一片汎沈歸 고주일편범침귀

변산 채석강의 낙조

아득한 바다를 술잔 속에 바라보며
취기가 몽롱하여 딸에게 의지한다
파도 꽃은 지는 햇빛 담아 바위에 부서지고
노을빛에 갈매기는 목메어 우짖는다

붉게 물든 구름이 가을하늘 덮더니
푸른 바다 원근을 황금으로 깔아 놓네
까마득 검은 파도는 점점 빛을 잃는데
외론 고깃배, 뜨며 잠기며 돌아오네.

蠟石藝刻 詳察 납석예각 상찰

2003년 2월 15일 癸未肇春
(납석 서각 맨발 조형 작품
청련: 이백의 호, 성제: 한나라 황제, 조후: 성제의 황후)

懃貪素足絶佳娟 근탐소족절가연
初也天眞幼嫩憐 초야천진유눈련
拇背皺紋跗脈搏 무배추문부맥박
指間垢濕汗香塡 지간구습한향전
靑蓮心悸吳娘趾 청련심계오낭지
成帝掌中趙后緣 성제장중조후연
筆刻古文爲拔俗 필각고문위발속
浮彫石塊可勝專 부조석괴가승전

납석 서각을 상찰하다

은근히 탐나는 아담한 미녀의 맨발
애초에 천진스런 연약한 애련함이여
엄지가락 주름지고 발등엔 맥박 뛰고
가락사인 고릿한 땟내가 향긋이 배어있네

이태백이 가슴조린 강남 여인 발이더니
성제의 손바닥에 춤춘 조비연의 환생이냐
전서 써서 덧새기니 여느 것에 빼어나고
돌덩이는 하마 변해 고운 발로 남았네.

黑川 犬糞居士 흑천 견분거사

2008년 12월 25일 戊子孟冬 聖誕節
(개똥거사 신윤식은 환갑이 넘게 수 십년을
노숙하고 있어도 민폐를 끼치지 않는 양순한 사람이다.)

黑川盥櫛亦猶强 흑천관즐역유강
露宿霧餐旣日常 노숙무찬기일상
枯草飄然聽霎雨 고초표연청삽우
野禽歸樹拂身頏 야금귀수불신항
今宵寒骨將深浸 금소한골장심침
誰授溫堪飮一觴 수수온감음일상
蓬髮風塵霜已戴 봉발풍진상이대
超然浮世曷爲彰 초연부세갈위창

거무내의 개똥거사

거무내에 양치하고 머리빗어도 외려 강건하고
노숙하며 안개 먹어도 그런 것 일상일이라
마른 풀 나부끼는 곳에 스산한 겨울비소리
들새는 둥지로 돌아와 몸을 털며 오르내린다

오늘밤도 한기가 뼈 속 깊이 스며들 텐데
누가 한잔 술 주어 따뜻이 견디게 하여줄까나
더부룩한 머리는 풍진에 서리가 얹혀
덧없는 세상을 등졌는데 무엇 더 바라리오.

西湖 船遊 서호 선유

2009년 4월 15일 己丑芳春
(中國 杭州 西湖 遊覽
蘇坡: 蘇東坡 堤, 白堤: 白樂天 堤, 孤山: 吳昌碩 西泠印社)

蘇隄長路雅華遵 소제장로아화준
垂柳白堤淺綠新 수류백제천록신
湖畔千年奇瑋態 호반천년기위태
水光百里秀漣淪 수광백리수련륜
春風舟棹閑陶醉 춘풍주도한도취
日暖煙霞杳渺濱 일난연하묘묘빈
神秘瀛州忘我境 신비영주망아경
孤山幽邃遠疑垠 고산유수원의은

서호의 뱃놀이

소파의 기나긴 화려한 옛 뚝 길
백제의 푸른 버들 함초롬 젖어
호반은 천년 내내 기이한 자태
흰 물결 지런지런 아득히 빼어나

봄바람이 살랑살랑 사공은 한가롭고
날씨 따뜻하여 아스라한 봄 안개 속에
신비 속 영주 섬은 나를 잊게 하고
고산은 자오록 하늘가에 있는 듯.

靈威 黃山 영위 황산

2009년 4월 18일 己丑暮春
(中國 浙江省 天下名山 黃山 遊覽)

天開草昧銳巖峰 천개초매예암봉
地覆曾前壑壑從 지복증전학학종
萬丈奇崖稀壤隙 만장기애희양극
千年孤節絶青松 천년고절절청송
群峰峻峭離凡俗 군봉준초이범속
霧界仙源豈戱庸 무계선원기희용
危棧雲梯橫十里 위잔운제횡십리
幽禽玉笛但留胸 유금옥적단류흉

위세의 영산 황산

하늘이 열릴 때 날카로운 암 봉이 생겨났고
땅이 뒤집히며 깊은 골이 생겼네
만길 가파른 기암의 메마른 틈새에
천년의 절개 지킨 짙푸른 소나무가

험준한 군봉들은 속세를 떠 있거늘
안개 속 선계가 어찌하여 즐길 거리로
위태로운 산사다리 가로질러 십리길
새소리가 옥피리로 가슴속에 머무네.

朝靜樹木園 조정수목원

2009년 8월 1일 己丑仲夏
(축령산 후방 상면 행현리의 아침고요수목원)

忽開廣裕寂寥施 홀개광유적요시
境域絶埃是俗離 경역절애시속리
千卉萬花盈溢羨 천훼만화영일선
永年香樹獨尊遺 영년향수독존유
園亭坐觀眞蟬噪 원정좌관진선조
遊道徒行障蝶卑 유도도행장접비
人世無思成異蹟 인세무사성이적
天耶地乎不其知 천야지호부기지

아침고요 수목원

홀연히 넓은 고즈넉한 곳에
속세의 먼질랑 다 털어놓으란다
천만가지 꽃들이 가득 넘치고
오래 된 향나무가 홀로 남아 뽐낸다

정자에 앉았더니 참매미가 따갑고
꽃길을 걷노라면 나비가 어정댄다
세상이 생각도 못할 이적 이루어
하늘인지 땅인지 내사 모르겠네.

新天水桑拿浴 按摩 신천수상나욕 안마

2010년 4월 26일 庚寅仲春
(中國山東省 烟台 旅遊. 신천수 사우나욕장에서 꿀 마사지를 받다.
華清宮 蓮花湯: 당 현종이 양귀비에게 지어준 온천별궁과 온천탕)

華清宮入脫衣躬 화청궁입탈의궁
塗蜜肌膚擦打功 도밀기부찰타공
萬馬馳驅聲有齊 만마치구성유제
千軍擊鼓震無窮 천군격고진무궁
可憐己體知枯稿 가련기체지고고
稱叟彼尊忘老翁 칭수피존망로옹
身滑爽輕心快適 신활상경심쾌적
悠街欲踏醉春風 유가욕답취춘풍

신천수 사우나욕장의 안마

화청궁? 에 옷을 벗고 몸소 들었더니
온몸에 꿀 바르고 공들여 문지르며 두드려댄다
만마가 치닫는 말굽소리 가지런한 터에
천군이 내닫는 북소리가 멋을 줄 모른다

어쩌랴 생기 없는 이 몸인 줄 다 안다만
'어르신' 하며 존대 받는 노인인줄 아예 잊고서
매끈하고 가벼운 몸, 마음 또한 쾌적한지라
먼 길 밟으며 봄바람에 흠뻑 취하고 싶어지네.

東江 鼾睡 동강 한수

1998년 4월 26일 戊寅仲春
(旌善 雲峙里 東江邊 閑村의 외딴집에서
得敎家와 한방에 留宿하다.)

春風江上已陽傾 춘풍강상이양경
寂寞畔家寄宿亨 적막반가기숙형
漆黑房中嚬臭酷 칠흑방중빈취혹
弄霞交酌熟眠平 농하교작숙면평
叟能譫語疑狂叫 수능섬어의광규
嫗應溺娘恨鬼聲 구응익낭한귀성
交互呼停長歎息 교호호정장탄식
爭先龍虎勢雷轟 쟁선용호세뢰굉
千哀萬怨相思曲 천애만원상사곡
塵外夢遊自遣情 진외몽유자견정
余患終宵堪輾轉 여환종소감전전
昏窓欲曉宿禽鳴 혼창욕효숙금명

동강의 코골이

봄바람 강상에 해 기울기에
쓸쓸한 강가 집에 잠자리를 틀었다
칠흑 같은 어둔 방의 찌든 악취 그 속에
노을 좋아 술이 과해 잘도 잠잔다

노인의 잠꼬대는 미친 사람 지껄이듯
할미는 물귀신의 한 서린 귀곡성
서로들 숨 멈췄다가 큰 한숨 몰아쉬며
용이냐 범이냐 천둥소리 다툰다

천만가지 설은 사연 한 서린 상사곡
세상 밖 꿈속에서 마음 달램 이런가
밤새도록 괴로움 견디면서 뒤척이다가
어둔 창에 날 새면서 자던 새가 우짖는다.

惶遽 山火 황거 산화

1998년 3월 18일 戊寅肇春
(서울에서 전원에 이사 온지 1년만에
집 후원 산자락에서 있은 산불소동)

逢春新墅事繁營　봉춘신서사번영
樹藝初耕別趣精　수예초경별취정
忽覺艾嘗萌菜覓　홀각애상맹채멱
奈何香處棘荊縈　나하향처극형영
悶歎慾氣愚焚却　민탄욕기우분각
未識迷夢禍厄生　미식미몽화액생
火勢憤然侵槀葦　화세분연침고위
茫茫怯倒上傳宏　망망겁도상전굉
刹那烈炸晴空散　찰나열작청공산
嗚呼炎煙擴漸横　오호염연확점횡
阿鼻超牽威八熱　아비초견위팔열
猛焦毒痛放任衡　맹초독통방임형
決余必死奔遮止　결여필사분차지
隣老躁狂叫喚聲　인로조광규환성
遑急超危機智敏　황급초위기지민
如塵陰德認鎭驚　여진음덕인진경
吾身僅僅還生嘆　오신근근환생탄
耄叟嚬呻疱患幇　모수빈신포환방
山雀不啼心緖亂　산작불제심서란
但鳩愴曲隱松鳴　단구창곡은송명

황급한 산불

봄을 맞은 새집이라 일손 하 많아
심고 가꿀 재미에 푹 빠져있는데
연한 쑥 맛 생각에 어린 싹 찾았더니
쑥 향기 좋은 곳에 가시덤불 얽혔었네

한탄하다 욕심 끝에 불 질러 놓고서야
몽매함이 화 당할 줄야 미처 몰랐네
불길은 분연히 마른 억새 덮치는데
겁에 질려 멍한 사이 위로 퍼져 오른다

불꽃은 삽시간에 맑은 하늘에 흩 날고
오호라 연기 함께 점점 더 넓혀나간다
아비지옥이 잡아끌고 팔열지옥 위세로다
지옥고통 열풍 속에 버려둘까 망설망설

사생결단 막아보려 나는 날뛰고
이웃 노인 불 속에서 광기어린 지옥소리
다급한 황망 중에 민첩한 기지일고
티끌만한 적덕인지 놀램은 갈앉은 듯

이 몸은 겨우겨우 한숨 속에 되살고
이웃 노인 찡그리며 부르텄다 도와달라네
산새는 심란하여 우짖지도 못하는데
멧비둘기 구우구우 솔 그늘에 슬피운다.

漢詩韻捷考

初版 發行 2011年 6月 25日
再版 發行 2012年 7月 30日
三版 發行 2021年 8月 10日

編 著 申載錫
住 所 京畿道 楊平郡 江上面 江南路921 현대성우@ 101-202
電 話 010-5445-7072

발행처 ㈜이화문화출판사
발행인 이 홍 연·이 선 화
등록번호 제300-2015-95호
주소 (우)03163 서울시 종로구 인사동길 12, 311호(대일빌딩)
전화 02-732-7091~3(도서주문처)
FAX 02-738-5153
홈페이지 www.makebook.net

값 10,000원